Deseo™

D1111971

Un amor de escándalo

KATHERINE GARBERA

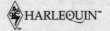

HARLEQUIN™

Editado por HARLEQUIN IBÉRICA, S.A.
Núñez de Balboa, 56
28001 Madrid

I.S.B.N.: 978-84-9000-022-9
Depósito legal: B-11171-2011
Editor responsable: Luis Pugni
Preimpresión y fotomecánica: M.T. Color & Diseño, S.L.
C/ Colquide, 6 portal 2 - 3º H. 28230 Las Rozas (Madrid)
Impresión en Black print CPI (Barcelona)
Fecha impresion para Argentina: 7.11.11
Distribuidor exclusivo para España: LOGISTA
Distribuidor para México: CODIPLYRSA
Distribuidores para Argentina: interior, BERTRAN, S.A.C. Vélez
Sársfield, 1950. Cap. Fed./ Buenos Aires y Gran Buenos Aires,
VACCARO SÁNCHEZ y Cía, S.A.
Distribuidor para Chile: DISTRIBUIDORA ALFA, S.A.

Prólogo

Steven Devonshire había ignorado las dos llamadas de su padre biológico, pero cuando su madre lo llamó y le pidió que, por favor, atendiese a una reunión en el Grupo Everest, en el centro de Londres, tuvo que acceder.

No había esperado encontrarse allí a sus dos hermanastros que, junto con él, eran conocidos como los «herederos de Devonshire» en algunos círculos y como los «bastardos de Devonshire» en otros. Los tres habían nacido el mismo año, pero de madres diferentes.

Malcolm Devonshire había admitido ser el padre de los tres y había cumplido con su obligación de contribuir económicamente a su educación. Steven no tenía ni idea de la relación que Henry y Geoff tenían con Malcolm, pero él no lo había visto nunca.

Henry, el mediano, hijo de Tiffany Malone, una estrella del pop de los años setenta, se había convertido en un conocido jugador de rugby, pero se había lesionado un par de años antes y había dejado de jugar para dedicarse a la publicidad y a participar en programas de televisión.

—Malcolm tiene un mensaje para vosotros —anunció Edmond, el abogado de su padre.

Steven lo había visto en varias ocasiones y le caía bien.

La vida de Malcolm Devonshire siempre había girado en torno al Grupo Everest. Por eso a Steven no le sorprendía que la primera vez que fuese a ver a su padre, fuese allí. Malcolm acababa de cumplir setenta años y debía de querer asegurarse que el trabajo de toda su vida no terminase cuando muriese él.

Geoff era el mayor de los tres, hijo de la princesa Louisa de Strathearn, soberana de poca importancia. Steven y él habían estado a punto de coincidir en Eton College, pero al final Geoff no se había matriculado.

–El señor Devonshire se está muriendo –les contó Edmond–. Y quiere que el legado en el que tanto ha trabajado siga vivo en cada uno de vosotros.

–No creó su imperio para nosotros –replicó Steven.

Malcolm hacía las cosas para sí mismo, y siempre en beneficio del Grupo Everest. Así que Steven sospechó que quería algo de ellos, pero ¿el qué?

–Si no os importa sentaros, os lo explicaré… –continuó Edmond.

Steven se sentó, lo mismo que sus hermanastros. Él estaba acostumbrado a hacer siempre las cosas a su manera. Sabía sacar provecho a las oportunidades que se le presentaban y no tenía motivos para no hacer lo que Malcolm tuviese en mente.

Según les contó Edmond, Malcolm quería que los tres se hiciesen cargo de su negocio. El que tuviese más éxito, económicamente, de los tres, asumiría la presidencia del grupo entero.

Steven intentó digerir toda la información. No

le importó que su padre estuviese haciéndoles la oferta porque se estaba muriendo, sino que le interesó la oportunidad de negocio. Malcolm poseía una empresa muy fuerte e influyente de porcelana.

Y si él podía hacerse con la presidencia, sería la guinda del pastel. Saboreó la idea de ganar a sus hermanastros, sabía que lo haría. No era como Henry, demasiado acostumbrado a los focos, ni como Geoff, que siempre había llevado una vida privilegiada y consentida. Él era la persona perfecta para el puesto.

Edmond se despidió de ellos y salió de la habitación. En cuanto la puerta se hubo cerrado, Steven se puso en pie.

–Creo que deberíamos aceptar –dijo.

Suponía que su padre quería que los tres se implicasen en la empresa y, por suerte, sus hermanos le dieron la razón. Steven escuchó cómo charlaban los otros dos. No los conocía de nada y no le gustaba trabajar en equipo. Prefería actuar sólo y a eso atribuía su éxito en los negocios. Sabía lo que había que hacer y lo llevaba a cabo. Solo.

Henry salió del despacho para buscar a Edmond e informarle de su decisión. Geoff se marchó detrás de él y Steven se quedó, quería averiguar cuál había sido la motivación de su padre para hacer aquello.

–¿Por qué ahora? –le preguntó a Edmond.

–Tal y como he dicho, el señor Devonshire está muy mal de salud y eso lo ha llevado… –empezó éste, pero Steven lo interrumpió.

–A preocuparse por la empresa a la que ha dedicado su vida.

Sabía lo suficiente acerca de su padre para adivinar sus pensamientos. Era justo lo que Steven había esperado. El Grupo Everest era la vida de Malcolm Devonshire y en esos momentos, en los que su vida se estaba apagando, lo último que quería era ver cómo su empresa se hundía.

–Exacto –admitió Edmond.

Steven no habría necesitado la confirmación. Entendía muy bien a Malcolm porque él se parecía mucho.

–No estoy seguro de querer formar parte de esto –comentó–. No me parece justo. Mis dos hermanastros no tienen la experiencia que tengo yo en los negocios. No pueden competir conmigo.

–Ya te darás cuenta de que los dos tienen sus puntos fuertes –le dijo Edmond.

Y aquello no gustó a Steven.

Tendría que volver a reunirse con sus hermanastros y conocerlos mejor para asegurarse de que podría ganarles.

–Volveré a ponerme en contacto con los tres durante los próximos meses para seguiros la pista –añadió Edmond.

Steven sacudió la cabeza. Odiaba que lo vigilasen y no lo necesitaba.

–Te enviaré un correo electrónico todas las semanas con nuestras cifras e informándote de mi plan para aumentar los beneficios de la empresa.

–Quedo a tu disposición, como siempre, si necesitas algún consejo. Llevo al lado de Malcolm desde que creó el negocio.

–En ese caso, supongo que ha sido la relación

más larga que ha tenido en toda su vida –replicó Steven.

–Cierto. Lo más importante para él son los negocios… y los dos nos sentimos cómodos con ello.

Steven asintió. Volvió a pensar que la clave de todo era no implicarse emocionalmente, mantener las distancias con los demás. Los hombres empezaban a tomar decisiones equivocadas cuando creían que tenían algo que perder.

–Ahórrate tus consejos para los otros dos –le dijo Steven–. Yo prefiero trabajar solo.

Edmond frunció el ceño, pero Steven no le dio oportunidad para continuar la conversación.

–Que tengas un buen día, Edmond.

Steven salió de la sala de juntas y del edificio. El Mega Store Everest, en sus manos, se convertiría en la principal tienda de la cultura pop.

Cuando la gente hablase de los bastardos de Devonshire, ya no pensaría en el jugador de rugby, ni en el hijo de una princesa. No, pensaría en Steven, y que era el mejor.

Capítulo Uno

–Tengo una idea –le dijo Steven a Dinah en cuanto su vicepresidenta ejecutiva descolgó el teléfono en Raleighvale China.

–La última vez que dijiste eso tuve que responder a un interrogatorio muy incómodo ante la policía de Roma.

Steven se echó a reír.

–En esta ocasión, no tendrás que vértelas con la policía.

–Eso no me tranquiliza. ¿De qué trata esa idea?

–¿Qué sabes de la cultura pop?

–¿Por qué?

–¿Qué te parecería ser mi vicepresidenta ejecutiva?

–Pensaba que ya lo era –respondió ella.

–En los Mega Store del Grupo Everest. Te estoy llamando desde mi nuevo despacho.

–¿La empresa de tu padre? Dijiste que jamás lo harías. ¿Por qué ahora?

Steven no hablaba nunca de su vida privada. Nunca.

–Tengo mis motivos, pero son sólo míos. Basta con decirte que te llevarás una buena prima si me ayudas a conseguir que esta empresa sea la que más beneficios obtenga del Grupo Everest.

—Está bien. ¿Cuándo vas a necesitarme? –le preguntó Dinah.

—Dentro de unas veinticuatro horas. Necesito aclimatarme y buscarte un despacho. Por ahora, trae a tu secretaria, pero cuando te instales, buscaremos a otra.

—Veinticuatro horas es muy poco tiempo –le contestó ella.

—Te llamaré –le dijo él.

—¿Estás seguro de esto? Ya sabes…

—Siempre lo estoy –respondió él antes de colgar el teléfono.

Nadie lo conocía, ni siquiera Dinah. Sólo sabía de él lo que él quisiera que supiese.

Steven había heredado la empresa de porcelana de su abuelo. Fundada en 1780 para competir con Wedgwood, Raleighvale había conseguido crear unas piezas de porcelana de verdadero estilo inglés. En esos momentos, servían a la casa real, cosa que Dinah contaba siempre a sus posibles clientes. Y acababan de conseguir convertirse en el proveedor oficial del nuevo presidente de Francia.

El iPhone de Steven pitó con la entrada de un mensaje nuevo. Era de Geoff, que le pedía que se reuniese con Henry y con él en el club Athenaeum. Le contestó que allí estaría.

Entonces sonó el teléfono.

—Devonshire –respondió.

—Soy Hammond, de la tienda de Leicester Square. Siento molestarlo, señor, pero tenemos una emergencia.

—¿Y por qué no se ocupa de ella el encargado?

–preguntó Steven, que no recordaba que Hammond fuese uno de ellos.

–La encargada no está, se ha ido a comer y no responde al teléfono. Y no puedo esperar a que vuelva.

–¿Cuál es la situación? –le preguntó Steven.

–Están haciendo una sesión de fotos en el centro de la tienda. Se trata de Jon BonGiovanni, el roquero, y hay un montón de gente bloqueando el ascensor. No se mueven.

–Ahora voy.

Colgó el teléfono y tomó la chaqueta de su traje antes de salir del despacho para ocuparse del problema de la tienda de Leicester Square. No tenía tiempo para charlas y lo último que necesitaba en su primer día era un escándalo.

Nada más entrar en la tienda se quedó patidifuso.

El problema era evidente. Había un modelo, un fotógrafo y la ayudante del fotógrafo en medio de la tienda, tal y como Hammond le había contado. Tuvo que acercarse más para distinguir delante de los flashes a Jon BonGiovanni, envejecida estrella del rock de los años setenta, que había tenido un gran éxito con su grupo Majestica.

Vestía unos vaqueros ajustados y una camisa estampada con la bandera estadounidense, abierta en el pecho y dejando al descubierto un tatuaje de un puño cerrado.

–¿Qué está pasando aquí? –preguntó Steven, acercándose al grupo.

–Estamos intentando hacer una sesión de fotos.

Tenemos el visto bueno de su presidente, pero nadie parece estar al corriente –le explicó el fotógrafo.

–El presidente soy yo, Steven Devonshire.

–Y yo soy Davis Montgomery.

Steven había oído hablar de él. ¿Quién no? Si había hecho una fortuna fotografiando a jóvenes roqueros, como Bob Dylan, John Lennon, Mick Jagger y Janis Joplin a principios de los setenta. Su manera de hacer fotografías y los temas utilizados habían cambiado el modo de retratar a las estrellas y habían revolucionado el mundo de la fotografía.

Steven le dio la mano.

–Encantado de conocerlo, pero no pueden hacer fotografías en la tienda a estas horas.

–Ainsley ha recibido permiso para que estemos aquí.

–¿Quién es Ainsley?

–Yo.

La mujer que se acercó hacia ellos era… exquisita. Tenía el pelo grueso, negro como el ébano y lo llevaba recogido en una cola de caballo. Su piel de porcelana fue lo primero en llamarle la atención, junto al pelo, pero Steven no tardó en recorrer el resto de su femenino cuerpo con la mirada. Llevaba puesta una blusa que se le pegaba a la figura y una falda negra, y el cinturón rojo acentuaba todavía más su curvilínea silueta. Era la mujer con la que siempre había soñado.

Tenía una imagen clásica, de los años cincuenta, imagen con la que Steven llevaba soñando desde que era adolescente.

–¿Y quién es usted, señorita Ainsley?

A ella pareció sorprenderle la pregunta, y Steven se preguntó si debía haberla reconocido sin preguntar. Tenía acento estadounidense y debía de trabajar en la industria de la moda o de la música y, si la hubiese conocido antes, se habría acordado de ella.

–Ainsley Patterson, redactora jefe de la revista *British Fashion Quarterly*.

–Su nombre me resulta familiar, pero no creo haber tenido el placer de conocerla.

–Estupendo –dijo Davis–. Ahora que ya os conocéis, me gustaría volver al trabajo.

–Estoy segura de que el señor Devonshire nos buscará un hueco de buen grado, al fin y al cabo, el abogado de su padre nos ha dado permiso para hacer la sesión.

Steven estaba cansado de oír hablar de su padre. Malcolm y él no eran más que dos extraños. Aunque casi podría decirse lo mismo de su madre y él.

–Eso está muy bien, señorita Patterson, pero ni Malcolm ni su abogado están aquí ahora mismo. Subamos un momento a mi despacho y cuénteme qué es lo que necesitan, para que podamos encontrar una hora que nos venga bien a todos.

Steven pensó que Ainsley iba a retroceder, pero no lo hizo. Jamás había conocido a una mujer tan profesional y sexy al mismo tiempo. Se excitó sólo de hablar con ella, a pesar de saber que no estaba bien.

***

Ainsley no quería malgastar más tiempo hablando con un hombre que no se acordaba de ella, pero no había llegado a donde estaba evitando a las personas que no le gustaban. Davis la miró como si fuese a perder los nervios y a montarle una de sus escenas.

–Venga. No tengo todo el día –protestó Jon.

–Jon, siento este percance. ¿Por qué no haces un descanso de diez minutos mientras yo aclaro las cosas con el señor Devonshire?

–¿Vamos? –dijo Steven.

Su aspecto parecía sacado de una revista de moda: pelo corto, ojos azules, como los de Paul Newman, y tan brillantes y penetrantes que Ainsley se había quedado hipnotizada con ellos la primera vez que lo había visto.

Aunque por aquel entonces, cinco años antes, ella había estado mucho más gorda y había confiado mucho menos en sí misma.

–Sí, seguro que podemos ofrecerle algo que le compense por las molestias causadas, aunque, que su tienda aparezca en nuestra revista, ya es hacerle un favor.

–O eso le parece a usted –replicó Steven.

–¿Qué podemos hacer para contentarlo?

–Estaba pensando en unas entrevistas a los herederos de Devonshire –sugirió Steven.

–Podría ser interesante, pero somos una revista de moda femenina –le dijo ella, mientras buscaba en su mente todo lo que sabía de Steven y sus hermanastros.

Se dijo que estaría bien que hablasen de su in-

13

fancia, aunque eso no tenía nada que ver con la moda. Tal vez sus madres… Entonces, se le ocurrió.

–¿Qué le parecería una entrevista con las madres de los tres? –le preguntó–. Las tres estaban muy de moda cuando Malcolm salía con ellas.

–Mi madre es física.

–Lo sé, pero también fue nombrada una de las mujeres más bellas de Gran Bretaña.

Steven frunció el ceño.

–No entiendo en qué me beneficiaría eso a mí.

–Podríamos hacer una sesión de cada una de las tres en los distintos negocios del grupo: la aerolínea, la discográfica y las tiendas. Quiero decir, que Tiffany Malone es perfecta para Everest Records. Le dará mucha propaganda –se explicó Ainsley–. A los hijos podríamos sacaros en segundo plano: Henry está en la vanguardia de la moda… y Geoff es muy tradicional.

–Y yo soy un hombre de negocios –dijo Steven.

Ainsley lo estudió con la mirada. Era el mismo hombre que la había rechazado porque le sobraba peso, y que había hecho un comentario que la había dejado destrozada…

–Tal vez podamos hacerle una transformación en otra de nuestras revistas.

Él arqueó una ceja.

–No soy de los que se dejan hacer transformaciones. Si accedo a hacer esto, será a cambio de una exclusiva para su revista.

Ainsley lo pensó. Tendría que hablar con su equipo para encontrar la manera de hacerlo.

–No sé si encajaría. Aunque si consiguiésemos

que Malcolm saliese también en el artículo, entonces sería todo un éxito.

–Tal vez, pero no puedo prometerle que Malcolm acceda.

–¿No se llevan bien?

–Se está muriendo, Ainsley –le respondió Steven.

Aquello fue como una bofetada. Steven no había mostrado ninguna emoción. Ainsley se preguntó si sería porque tenía miedo de perder a su padre y no quería que nadie lo supiera.

–Lo siento mucho –le dijo.

Él asintió.

–Volvamos a nuestro negocio. Vais a terminar la sesión de fotos con Jon y luego vais a hacernos entrevistas una entrevista a cada uno, desde el punto de vista de la moda, con nuestras madres, ¿para cuándo?

–Tengo que mirarlo en mi despacho, pero supongo que sería para otoño.

–Muy bien. Trato hecho.

–Estupendo –respondió ella, dándose la vuelta para marcharse.

–¿Tienes tiempo para ir a cenar, para que concretemos los detalles?

Ainsley no quería cenar con él. Se había enamorado de Steven cinco años antes, cuando le había hecho la entrevista. Desde entonces, había leído todos los artículos que se habían publicado acerca de él. Se preguntó si sería buena idea salir a cenar con él. Se recordó que su relación tendría que ser profesional.

Steven había cambiado su vida. Había sido horrible, darse cuenta de que era completamente invisible para un hombre como él. Y no sólo por su talla, sino porque Ainsley no había sido capaz de mantener el control de la entrevista. Steven había puesto nerviosa a la mujer que ella había sido cinco años antes y había alentado su cambio. En esos momentos, Ainsley no quería tener nada que ver con él… Bueno, eso no era cierto. Pensó que le encantaría vengarse por lo que le había hecho.

Además, no tenía planes para esa noche, salvo volver al trabajo. Podría dedicarle un par de horas a Steven.

–De acuerdo –le dijo.

–¿Nos damos la mano y firmamos un contrato?

–¿Qué?

–Para la cena. Has contestado como si se tratase de una reunión que no te apeteciese nada. Yo creo que puede ser divertido, cenar conmigo.

Steven estaba seguro de sí mismo y era un hombre encantador.

–¿Eso piensas? ¿Puedes garantizármelo? –le preguntó ella.

–Por supuesto.

A Ainsley le sonó la BlackBerry, anunciando la llegada de varios mensajes de texto y de correos electrónicos. Bajó la vista a la pantalla. Tendría que atender al menos tres de los mensajes.

–¿Cuándo y dónde cenamos? –le preguntó.

–A las nueve. Pasaré a recogerte.

–No hace falta, prefiero ir yo.

–No sé dónde voy a poder reservar a estas horas. Dame tu dirección –respondió Steven.

Ella se dio cuenta de que era un hombre acostumbrado a salirse siempre con la suya. Iba a ser interesante, porque a ella le ocurría lo mismo. Pensó en contradecirlo, pero ya había perdido bastante tiempo, y el tiempo era dinero.

–Vale. Puedes pasar a recogerme por el trabajo –le dijo, garabateando la dirección en un trozo de papel.

–Hasta luego –se despidió él.

Ainsley se quedó mirando cómo se alejaba, admirando la arrogancia de su porte. También era un hombre guapo de espaldas, pensó, fijándose en cómo se le ajustaban los pantalones al trasero.

–¿Podemos ponernos a trabajar ya? –le preguntó Joanie, que llevaba diez años trabajando para Davis.

–Eso creo –le contestó ella.

–Estupendo. Iré a decirle a Jon que vuelva a maquillaje y avisaré a Davis –dijo Joanie–. Hemos estado a punto de cometer un error muy caro.

Ainsley lo sabía, no necesitaba que se lo recordasen. Le hizo un gesto a Danielle Bridges, la redactora que estaba a cargo de aquel artículo, para que se acercase.

–Lo siento –volvió a disculparse Danielle, que era nueva en el puesto–. Había hablado varias veces con el gerente para confirmar los detalles.

–Ya hablaremos de eso más tarde. El problema está resuelto y ahora vamos a hacer algunas fotos estupendas para ese fabuloso artículo que has escrito –le dijo Ainsley, que estaba convencida de que las personas se esforzaban más si sentían que sus superiores confiaban en ellas.

También prefería reprender a las personas que tenía a su cargo en privado.

—Gracias —le contestó Danielle.

Un minuto después, una chica veinteañera, con el pelo rubio y liso se acercó a ella.

—El señor Devonshire me ha pedido que la ayude en todo lo que necesite. Soy Anne.

—Puedes trabajar con Joanie.

Ainsley y Danielle se quedaron a un lado. La primera, respondiendo a los correos que le habían llegado a través de la BlackBerry y esperando a que volviese a empezar la sesión de fotos. Cuando vio que todo iba bien, se volvió al trabajo.

Frederick VonHauser estaba esperándola en su despacho. Formaba parte de su equipo y, además, era un buen amigo. Freddy y Ainsley se habían conocido en la universidad de Northwestern. Por aquel entonces, Freddie había sido Larry Murphy, pero había decidido que necesitaba un nombre nuevo para la universidad, y se lo había cambiado.

—¿Todo arreglado?

—Sí, Steven Devonshire estaba allí.

—¿No me digas? ¿Se acordaba de ti?

—No. ¿Crees que debo despedir a Danielle? Davis y Jon han estado una hora sin hacer nada. Ha sido un desastre.

—Cariño, te conozco demasiado bien para saber que quieres cambiar de tema. ¿Estás segura de que no te ha reconocido?

—Sí, estoy segura. Además, eso no importa. Voy a cenar con él esta noche.

—Vaya, vaya. Y no querías contármelo.

–No, porque mis subordinados no deberían conocer todos los detalles de mi vida.

–¿Subordinado? Prefiero que me llames estimado compañero.

–Lo eres. Ahora, con respecto a Danielle…

–Es joven. Y ha escrito uno de los mejores artículos que he leído en mucho tiempo, pero no aprenderá si no la ayudamos.

–Su error me ha costado mucho dinero, Freddie. No puedo permitir que continúe.

Él la miró como si fuese a llevarle la contraria, pero no lo hizo. Ainsley dejó el bolígrafo que tenía en la mano encima de la mesa y pensó en los artículos que había accedido a publicar en la revista.

–Necesito a alguien que pueda entrevistar a una estrella del deporte y a un miembro de la realeza.

–¿Para qué?

–Para una serie de artículos sobre los herederos de Devonshire y sus madres. Quiero entrevistarlos a los tres por separado y, además, necesito a alguien que conozca a Malcolm Devonshire. Quiero fotografiarlo con sus tres hijos. Y quiero que los artículos se hagan desde un punto de vista maternal.

–Pues buena suerte. ¿Cómo vas a conseguir que los herederos accedan a hacerlo?

–Ha sido Steven quien me lo ha pedido, a cambio de la sesión de fotos.

–Qué tratos tan extraños haces con Steven, ¿no?

–Sí.

–No sé si es una buena decisión. Ese hombre ya te ha dejado destrozada una vez –le recordó Freddie.

–No sé si será buena idea, pero cuando me he dado cuenta de que no se acordaba de mí, y de que estaba interesado por mí ahora...

Ainsley dejó de hablar. No quiso decir en voz alta que deseaba vengarse de él. La venganza no era un acto noble, pero si cenaban juntos y Steven se sentía más atraído por ella, y ella podía darle calabazas... se conformaría con eso.

–Niña, esto está predestinado a terminar mal. La última vez, resurgiste de las cenizas como el ave Fénix, pero no creo que puedas volver a hacerlo.

–¿Quién lo dice?

Freddie se encogió de hombros.

–Supongo que debes hacer lo que pienses que es lo correcto.

–No es eso –contestó ella–. Es sólo curiosidad.

–¿Curiosidad por un hombre que te dejó tan hecha polvo que perdiste una tonelada de peso y te fuiste a vivir a otro continente para recuperarte?

Ella no contestó, se quedó mirando a su amigo. No podía cancelar la cena. Había tomado una decisión y, en esa ocasión, iba a salir victoriosa de su encuentro con Steven. Unos minutos después, Freddie se marchó de su despacho y ella se quedó sentada en su sillón. No quería darle demasiadas vueltas al trato que había hecho con Steven, ni a si aquello no tenía nada que ver con la revista, sino más bien con el hombre: Steven Devonshire.

Capítulo Dos

Ainsley se movió inquieta mientras se miraba al espejo del cuarto de baño. En ocasiones, seguía viendo a la chica gorda que había sido. Se puso de lado y se miró el estómago. No tenía que haber comido tantos carbohidratos al medio día y tendría que conformarse con una sopa de verduras para la cena.

Estudió la falda negra, ajustada que llevaba puesta. Siempre se sentía dividida cuando observaba su reflejo. Le gustaba el cuerpo que veía en el espejo, pero no se sentía cómoda con él.

A veces, le asombraba haber llegado tan lejos y casi no podía recordar a la niña de pueblo que había sido. En otras ocasiones, sin embargo, seguía sintiéndose tan incómoda y fuera de lugar como siempre.

La puerta del baño se abrió y ella adoptó su mejor sonrisa e hizo como si se estuviese retocando el pintalabios. Era Danielle, que la miró fijamente.

–Pensé que no había pasado nada –le dijo.

–Lo siento, pero hoy hemos perdido mucho dinero y voy a tener que dar explicaciones a mis jefes –respondió ella.

–Sé que he metido la pata, pero estoy aprendiendo –se defendió Danielle.

–Cuando yo estaba aprendiendo, también perdí un trabajo por cometer un error, como tú. Tardé tres años en volver a encauzar mi carrera –le respondió Ainsley.

La entrevista a Steven le había costado su puesto de trabajo en el *Business Journal*.

–Entonces, dame otra oportunidad. Sabes lo duro que es empezar de cero.

–Es verdad, lo sé, por eso ya no cometo grandes errores. No estoy segura de que tú hayas aprendido de éste.

Danielle se cruzó de brazos.

–¿Qué tal si me tenéis un periodo a prueba? Digamos seis meses, para que te demuestre lo que valgo. Si vuelvo a equivocarme, me marcharé, pero si no lo hago, me contrataréis a jornada completa.

Ainsley se dio cuenta de que Danielle tenía agallas, y mucho talento como redactora.

–Está bien, pero no hagas que me arrepienta de ello.

–No te arrepentirás.

Ainsley salió del cuarto de baño y vio a Freddie apoyado en la pared.

–¿Va a quedarse?

–Sí. Creo que todavía no hemos visto lo mejor de ella, pero le he dicho que, si quiere una segunda oportunidad, va a tener que ganársela.

–¿Y cuándo vas a llamar a Nueva York para contarles tu idea acerca de los herederos de Devonshire?

A pesar de ser la redactora jefe de *FQ*, tenía que rendir cuentas a su jefe de Nueva York. Formaban parte del consorcio de revistas más vendidas del mundo y a su jefe le gustaba decir que eran los mejores porque él estaba en todo.

–Dentro de una hora. He tenido que meterlo en el orden del día, al final de la videoconferencia. Me encantaría tener alguna foto de las tres mujeres, de cuando salían con Malcolm –le dijo–. ¿Crees que podrías conseguirlas?

–Lo haré. ¿Qué más necesitas?

–Nada. Yo haré el resto de la búsqueda. Quiero que sean fotos especiales y glamurosas…

–Creo que sé lo que tienes en mente. Te las mandaré por correo electrónico en cuanto las tenga.

–Gracias, Freddie.

–Te debo una, por haberte mandado a Danielle.

–Pues lo de las fotos no va a ser suficiente para recompensarme.

–Entonces, ¿qué quieres?

–Ir a correr por la orilla el Támesis, mañana a las siete.

–¿A las siete? Si todavía es de noche –protestó Freddie.

–Pero me lo debes, así que vendrás.

–Tienes razón, iré –admitió él, marchándose en dirección a su despacho mientras Ainsley entraba en el de ella.

Ainsley tenía que convencer a su editor de que merecía la pena hacer los artículos sobre los tres hermanos Devonshire.

Se pasó la siguiente hora buscando detalles acerca de las mujeres que habían tenido relaciones con Malcolm Devonshire. Y le fascinó lo que encontró. Todas eran mujeres muy dinámicas y, desde el punto de vista de la moda, muy diferentes. La madre de Henry, Tiffany Malone era una roquera hippie chic de los años setenta. Tenía el pelo largo y sexy, la mirada sensual, era campechana e irradiaba sensualidad. No era fácil imaginársela de madre de alguien.

Luego estaba la princesa Louisa, la chica malcriada, prima lejana del monarca, a la que tanto le gustaban las fiestas. Vestida de alta costura, pero sexy, con el pelo liso y corto, la ropa ceñida y los zapatos de tacón alto. Era una mujer verdaderamente glamurosa.

Y, para terminar, Lynn Grandings, la madre de Steven. Física de profesión, que irradiaba inteligencia. Tenía el pelo rizado y largo hasta la cintura y también era muy sensual. En la fotografía que Freddie le había enviado estaba riendo frente a la cámara y era fácil entender que Malcolm se hubiese sentido atraído por ella.

Lo único que las tres tenían en común era su distintiva y original belleza. Y Ainsley estaba deseando averiguar cómo había podido Malcolm sentirse atraído por las tres en tan breve espacio de tiempo. ¿Cómo había sido capaz de compaginar las tres relaciones?

Terminó de tomar notas y se dio cuenta de que hablar con sus hijos sería perfecto para acompañar las historias de las tres mujeres, ya que ellas los habían criado.

Dinah estaba sentada enfrente de él en la sala de conferencias. Steven había pedido las cuentas de Everest Mega Stores de los tres últimos años. Las tiendas habían sufrido un revés durante el último trimestre, pero las señales del declive venían de antes. Según los datos, las tiendas norteamericanas eran las que más problemas estaban teniendo.

—Yo creo que podríamos cerrarlas —comentó Steven después de terminar de leer las cuentas.

—No estoy segura —le contestó Dinah—. Si lo hacemos, frenaremos las pérdidas, pero no conseguiremos más beneficios.

—Si centramos nuestras energías aquí —dijo él, señalando la hoja de cálculo de Europa y el Reino Unido—, podremos conseguirlo. No obstante, estoy abierto a nuevas ideas para mantener las tiendas de Norteamérica. En realidad, no quiero perder ese mercado.

—¿Qué te parece si investigo un poco? Puedo hacer un informe y recomendar alguna medida.

—Me gusta la idea. ¿Podrías tenerlo hecho para el viernes?

—Sí, pero me llevará todo mi tiempo.

—No me importa. Quiero estar seguro de que hacemos lo correcto.

Dinah se puso en pie y recogió su bolso y su maletín.

—Lo haremos. No es la primera vez que salvas una empresa como ésta, debería ser pan comido.

—Exacto.

—¿Es por eso por lo que has aceptado este trabajo?

Steven se encogió de hombros. Llevaba mucho tiempo trabajando con Dinah y nunca habían hablado de nada personal.

–¿He entrado en zona prohibida? –le preguntó ella.

–No. Es un negocio, ni más ni menos –respondió Steven.

La herencia no era nada del otro mundo para él porque lo veía como un reto y una oportunidad para demostrar su valía.

–Vale. Esta noche voy a apagar el móvil, pero pondré el contestador.

–¿Y eso?

Dinah se ruborizó y Steven se dio cuenta por primera vez de que tenía una vida fuera del trabajo.

–He quedado con alguien y me ha pedido que apague el teléfono durante la cena si quiero volver a verlo –le respondió ella en voz baja, un poco pensativa.

–De acuerdo. De hecho, tómate toda la noche libre. No hace falta que respondas a ninguna llamada hasta mañana.

–¿A las doce contará ya como que es mañana? –le preguntó ella.

Steven se echó a reír. Aquélla seguía siendo su Dinah, adicta al trabajo, como siempre.

–Por supuesto que sí.

Dinah se marchó un par de minutos después y Steven se quedó sentado en su sillón, pensando en Ainsley Patterson. Había algo en ella que le había resultado familiar, pero si la hubiese conocido, se habría acordado.

Reservó mesa para la cena y luego empezó a llamar a todos los ejecutivos de la empresa. Se reunió con ellos uno a uno y fue anotando sus impresiones después. Hizo una lista con las personas que podían ayudarlo a levantar la compañía y otra con las personas que sólo estaban allí para cobrar un sueldo, tendría que cambiarlos de sitio y ver si eso los motivaba. Si no, los despediría.

En cualquier caso, sólo sería cuestión de tiempo que aquella empresa funcionase como una máquina bien engranada.

No sabía cuándo se había dado cuenta, tal vez de niño, mientras jugaba en silencio en el ambiente estéril del laboratorio de su madre, pero sabía que sólo podía confiar en sí mismo.

Capítulo Tres

Steven pensó que tenía que pasarse por la tienda de Leicester Square para despedir al encargado. Le había pedido a su secretaria que le mandase un mensaje a sus hermanastros, diciéndoles que llegaría tarde. Era extraño, pensar que aquellos hombres, cuya existencia había conocido durante toda su vida, pero a los que no había visto hasta entonces, formaban en esos momentos parte integral de ella. Steven no sabía cómo sentirse al respecto.

Nunca había añorado tener una familia de niño y de adulto se había dado cuenta de que le gustaba estar solo.

En ese momento sonó su teléfono móvil, miró la pantalla y vio que era su tía Lucy, la hermana gemela de su madre, que lo había criado y que lo llamaba una vez por semana para ver cómo estaba.

–Tía Lucy.

–Hola, Steven. ¿Qué tal estás, cariño?

–Bien. ¿Y tú?

–Bien, cariño. Tu madre me ha contado que tu padre se ha puesto en contacto contigo.

Steven suspiró mientras salía del edificio. Fue a por su coche.

–No quería nada, sólo que dirija uno de sus negocios.

–¿Y los otros?

«Los otros», así era como su madre y tía Lucy se referían a sus hermanastros. No era de extrañar que Steven jamás se hubiese sentido unido a ellos.

–También están a cargo de una parte de la empresa. El que lo haga mejor que los demás será nombrado presidente del Grupo Everest.

–Me parece que es el tipo de reto que te gusta, cariño. ¿Podrás venir a cenar a Oxford el domingo?

Steven dudó un momento. La intención de su tía era buena y, además, era la única persona de su familia con la que hablaba de manera regular, así que siempre hacía un esfuerzo por fingir que le apetecía pasar tiempo con ella.

–Esta semana no voy a poder.

–Bueno, entonces, en otra ocasión. Que termines bien el día.

–Tú también, tía Lucy.

Steven colgó el teléfono y se metió en el coche. Condujo por las congestionadas calles londinenses hasta el Athenaeum. Un club privado, sólo para miembros, en el que podrían hablar los tres a solas y empezar a conocerse alejados de la curiosa mirada de los paparazzi. Steven no estaba acostumbrado a los flashes como Henry y Geoff, pero eso no le importaba. Como hombre de negocios, sabía que toda publicidad era buena.

En aquella época, todo podía ocurrir. Había hecho una reserva para la cena en un restaurante africano que le gustaba mucho. Aparcó delante del club y el aparcacoches se acercó a por sus llaves.

–Sé que no soy miembro del club –le dijo una

29

joven al portero que guardaba la puerta–, pero quiero hacer llegar un mensaje a Henry Devonshire, que está dentro.

–Yo puedo darle ese mensaje si quiere –le dijo Steven–. He quedado con él.

–Necesito hablar con Henry un momento. ¿Puede decirle que estoy aquí? Soy Astrid Taylor.

Steven asintió y luego miró al portero.

–Steven Devonshire –le dijo.

–Por supuesto, señor –contestó el hombre, abriéndole la puerta para que entrase en el club.

El local, que tenía varios siglos de antigüedad, estaba decorado de manera muy conservadora y las mesas y las sillas estaban situadas formando discretos grupos. Al fondo había una barra y Steven vio a Henry y a Geoff sentados en una mesa en la parte de atrás.

–Hay una chica en la puerta que pregunta por ti –dijo Steven mirando a Henry.

Los tres hombres iban vestidos de formas muy distintas. Geoff, como si formase parte de la alta sociedad, y así era. Henry llevaba un look deportivo y moderno.

–¿Una chica? –preguntó.

–Astrid –añadió Steven–. Le he prometido que te lo diría.

–Gracias, es mi nueva ayudante –le dijo Henry, dejando su vaso encima de la mesa y levantándose–. Siento no poder quedarme a hablar contigo, Steven, pero tengo que marcharme.

Steven llamó al camarero y le pidió un Seagram's Seven. Una bebida pasada de moda, pero que a él siempre le había gustado. Sus dos hermanastros siguieron con su conversación, hablando de sus familias y él se sintió incómodo. Su única familia eran su madre y su tía Lucy, y no le apetecía hablar de ellas. Las madres de Henry y Geoff, por su parte, se habían casado y habían formado nuevas familias con sus hijos.

Cuando Henry se hubo marchado, Steven se puso cómodo e intentó evaluar el estado de ánimo de Geoff.

–¿Qué tal va la aerolínea?

–Es un desastre. No estoy seguro de que Malcolm nos haya hecho ningún favor. Tengo un par de ideas para hacerla funcionar, pero voy a tener que trabajar muy duro. ¿Y las tiendas, cómo van?

–Van bien en Europa y aquí, en el Reino Unido, pero la división norteamericana pende de un hilo. Me preguntó cómo ha podido permitir Malcolm que la cosa se ponga tan mal.

Geoff se encogió de hombros.

–Su obsesión con viajar por el mundo ha debido de contribuir a ello. O eso, o su también conocida obsesión con las mujeres.

Steven no pudo evitar reír. Al fin y al cabo, eso podía ser lo que le había costado a Malcolm casi todo lo que había tenido de joven. Un error que él estaba decidido a no cometer.

–Se me ha olvidado decirle a Henry que he hablado con *Fashion Quarterly* para que entreviste a nuestras madres y a nosotros.

–¿Qué? ¿Por qué íbamos a interesar a una revista de moda?

–Porque nuestras madres fueron mujeres que estuvieron de moda en su época y la redactora jefe piensa que Henry y tú también estáis de moda ahora. Va a hacer varias sesiones de fotos con nosotros y nuestras madres y nos va a entrevistar a los tres. También quiere entrevistar a Malcolm. Yo no sé cómo está de salud exactamente, así que no sé si eso será posible.

–A mí no me apetece hablar de mí mismo y no sé si mi madre accederá a hacerlo, pero a la aerolínea le vendrá bien el empujón. Así que, si se ciñen a ese guión, aceptaré.

–Bien. Le pediré a mi secretaria que te envíe los detalles. Ahora, tengo que marcharme.

–Yo también –le dijo Geoff–. Gracias por venir.

–De nada. Supongo que ya va siendo hora de que nos conozcamos.

–Más que hora.

Los dos salieron juntos del club y había fotógrafos esperándolos. Steven se quedó rezagado y observó el tumulto que rodeaba a Geoff. Le preguntaron acerca de sus primos lejanos, de la princesa real y de su madre. Geoff ignoró las preguntas y a los fotógrafos y fue derecho a su coche.

Cuando los fotógrafos se hubieron marchado, Steven esperó a que el aparcacoches le llevase el suyo a la puerta. Después de haberse reunido con sus hermanastros, sabía que iba a ganar el reto que Malcolm les había propuesto, pero no estaba seguro de poder llenar el agujero que se le había quedado en el alma.

***

El restaurante escogido por Steven tenía estilo, pero el ambiente era acogedor. La decoración era claramente africana y la iluminación, tenue, lo que daba la sensación de privacidad.

Ainsley sabía que no podía hablar con él de los detalles de las entrevistas. Antes de tomar cualquier decisión, tenía que hablar con sus redactores y ver si Freddie podía preparar una entrevista para Malcolm.

—Gracias por permitir que continuásemos con la sesión de fotos. No hace falta que te diga lo mucho que nos ha costado sólo estar allí.

—De nada —contestó Steven.

Había pedido una botella de vino blanco africano para la cena y levantó su copa para brindar.

—Por las combinaciones ganadoras —añadió.

Ella asintió y chocó su copa con la de él mientras lo miraba a los ojos y luego bebió. Steven la observó todo el tiempo y eso a ella le pareció interesante. Parecía un hombre superficial, que sólo se preocupaba por sus propias necesidades, pero era evidente que le estaba prestando atención. Eso no tenía nada que ver con lo sucedido cinco años antes.

Ainsley dejó la copa encima de la mesa y le sonrió.

—Me gusta este vino. Gracias por pedirlo.

—Tiene un sabor cortante, así que he pensado que te gustaría.

Ella se echó a reír. Sabía que parecía una devorahombres cuando se ponía en modo profesional, pero esa noche quería disfrutar de la oportunidad de conocer a Steven.

–Antes has mencionado que tu padre está enfermo.

–No me gusta hablar de Malcolm –admitió él.

Ainsley anotó en su mente que se refería a su padre como Malcolm. Se preguntó qué relación tendrían, pero no le pareció apropiado preguntárselo a él.

–Mi padre nos dio un susto hace seis años… y yo pasé mucho miedo. Siempre pensé que era invencible y me di cuenta de que no es así.

–Sí, es duro –dijo Steven–. Mi madre está muy sana, pero pasa mucho tiempo en un ambiente estéril, así que supongo que es normal.

–¿A qué se dedica? –le preguntó Ainsley, aunque ya lo sabía, quería oírlo de él.

Steven frunció el ceño un instante.

–Es física. Ha ganado varios premios. Ahora mismo está trabajando en Suiza.

–Supongo que no la ves mucho –comentó Ainsley.

El camarero les llevó la cena y siguieron hablando de sus familias. Ainsley no tardó en darse cuenta de que Steven evitaba contestar a todas las preguntas que le hacía.

–¿Qué te trajo a Londres? –le preguntó él mientras se tomaban el café.

Ainsley se preguntó si la recordaría si le mencionaba la entrevista que le había hecho. Había estado tan nerviosa al entrar en el despacho de Steven, que había tirado todo el café por encima de la mesa. Él había sido cordial entonces, pero cuando Ainsley había salido de su despacho, lo había oído hablar con su jefe, Joel. Y le había oído decir que había estado más preocupada por el café y el pastel que le habían puesto que por entrevistarlo bien. Nada más volver al trabajo, su jefe la había despedido.

Ella había escrito el artículo de todos modos y lo había enviado a un par de revistas, y al final había conseguido que se lo publicase una de las competidoras de *Business Journal*. El artículo había aparecido en *WIRED*, donde buscaban artículos acerca de jóvenes con menos de treinta años que estaban cambiado la manera de dirigir los negocios. Aquel artículo había hecho que se la empezase a conocer y le había dado una oportunidad de volver a empezar.

Le molestaba que Steven no hubiese reconocido su nombre, pero recordó que por entonces se había hecho llamar A.J. Patterson, nombre que le había parecido más profesional.

—Mi trabajo. En Estados Unidos trabajaba de autónoma, pero no es fácil pagar las facturas trabajando así. Por eso entré en *Fashion Quarterly* como correctora. Y me di cuenta de que me encantaba el trabajo.

—¿Tanto como escribir?

Ella se encogió de hombros.

—A veces. Lo que me gustaba de escribir era el hecho de descubrir, de indagar y de hacer preguntas que sorprendían a las personas entrevistadas.

—¿Y ya no escribes?

Lo cierto era que a veces lo echaba de menos,

pero ser redactora jefe estaba mucho mejor pagado que escribir.

—No. Ahora tengo toda la revista a mi cargo.

—¿Y te gusta ser la jefa?

—Me encanta —respondió ella sonriendo.

Hasta que no había empezado a trabajar a jornada completa en *FQ* no se había dado cuenta de lo mucho que le gustaba la naturaleza competitiva de aquella industria. Eso también la ayudaba a mantenerse sana. Al trabajar en la moda se había concienciado de que su pérdida de peso tenía que ser un estado permanente.

—Pero ya hemos hablado bastante de mí. Supongo que te deben gustar los retos, asumiendo la responsabilidad de Everest Mega Store además de la de Raleighvale China. ¿O has dejado ésta última?

—No, no la he dejado ni creo que lo haga nunca. Llevo Raleighvale en la sangre.

—¿Qué quieres decir? —le preguntó ella, al ver que Steven se mostraba más abierto cuando hablaban de negocios.

—Es mi propia empresa. Me puse al frente de ella cuando era joven y he conseguido que tenga mucho éxito. Y me siento orgulloso por ello.

Ainsley asintió.

—He oído que tu abuelo te pasó las riendas de la empresa.

—Sí. Yo estaba buscando algo que hacer después de la universidad.

—¿No estuviste dando tumbos por Europa? —inquirió ella. Steven no parecía ser de los que se dejaban llevar por la corriente.

–No. Pasé un par de años en las minas de Staffordshire, aprendiendo acerca de Raleighvale. Cuando mi abuelo quiso jubilarse, aproveché el desafío que se me presentó.

Ainsley pensó que el trabajo en la mina era muy duro. Y no era el tipo de trabajo que se habría esperado de un hijo de Malcolm Devonshire.

–¿Y qué le pareció eso a tu padre?

–No lo sé. No se lo pregunté.

Ainsley asintió. Su propio padre no había querido que ella se fuese a vivir a Nueva York cuando había empezado a trabajar para la primera revista, ni tampoco le había gustado que se marchase a Londres. Aunque al final había comprendido que necesitase su carrera. Su madre le había preguntado muchas veces si algún hombre le había roto el corazón, pero ella siempre había cambiado de tema. Porque Steven le había roto el corazón, pero no de una manera romántica, sino que había sido algo mucho más importante, que le había hecho cambiar como mujer.

Sus padres eran personas sencillas, de pueblo. Su madre trabajaba en la ventanilla de la oficina postal y conocía casi a todas las personas que entraban en ella.

–Supongo que mejor –dijo.

Él le hizo una seña al camarero y le pidió la cuenta. Ainsley sacó su tarjeta del monedero, con la intención de dividir la cuenta, pero Steven le dijo que no lo hiciera con la mirada.

–Esto no es una cita –comentó ella.

–¿Quién ha dicho que lo fuera?

***

Steven pensó que, debajo de aquella ropa que tan bien le sentaba había una mujer muy interesante. Y que quería saber más cosas de ella. Quería pasar toda la noche hablando con ella y escuchándola. Le gustaba su perspicacia y el modo en que lo miraba. Por una vez, se sentía como si fuese un hombre vacío. Un hombre con una sola dimensión: su trabajo.

Peor con Ainsley… se preguntó si se había equivocado al guardar tanto las distancias con los demás.

Tal vez fuese el florecimiento de la atracción, esa potente combinación de deseo e intriga. Ainsley era un misterio para él. Una mujer distinta a las demás que había conocido y seducido.

Tenía una especie de inocencia, como si fuese ajena al atractivo que tenía para el sexo contrario. Varios hombres la miraron mientras salía del restaurante delante de él, pero ella hizo caso omiso. Steven fulminó con la mirada a uno de los hombres que la había observado demasiado y entonces apoyó la mano en el hueco de su espalda.

Ainsley estaba con él. Y Steven estaba encantado de haber llegado a un trato con ella para que hiciese los artículos acerca de él y de sus hermanastros, porque quería tener un motivo para seguir en contacto con ella.

Iba a volver a pedirle que saliesen juntos, por supuesto. Necesitaba tenerla en su cama. Quería ver si podía resolver todos sus misterios haciéndole el amor. En el pasado, muchas mujeres habían

38

dejado de parecerle atractivas después de haberse acostado con ellas.

Con Ainsley no le pasaría. O tal vez sí. Tal vez fuese como todas las demás relaciones que había tenido. Ya estaba acostumbrado a no esperar nada de ellas.

–¿Por qué me pones la mano en la espalda? –le preguntó Ainsley.

–Para que todos los hombres del restaurante sepan que estás conmigo.

–¿Estoy contigo, Steven?

–Sí, claro que sí.

–¿Sólo esta noche?

–No. Quiero volver a tenerte a mi lado. El martes que viene tengo que asistir a una recepción para mi madre, en Oxford. ¿Te gustaría acompañarme?

Salieron a la calle. Era una típica noche del mes de marzo, húmeda y fría, y Ainsley se estremeció. Steven le puso el brazo alrededor de los hombros y la atrajo hacia él.

Ainsley tembló y lo miró.

Steven leyó en su expresión el mismo deseo con el que él llevaba luchando toda la noche. Los profundos ojos violetas de Ainsley le dijeron que estaba pensando en él como en un hombre y Steven supo que tenía que hacer algo para mantener vivo ese interés.

Sin soltarla, fue hasta donde tenía aparcado el coche. Cuando llegaron a él, Ainsley se detuvo y se giró, atrapada entre el cuerpo de Steven y su vehículo.

–¿Qué quieres de mí? –le preguntó en voz baja y dulce.

Aquélla ya no era la profesional segura de sí misma que había conocido en la tienda esa tarde. Era una mujer vulnerable. Y eso lo conmovió.

–Ahora mismo quiero un beso –le contestó, acariciándole la mejilla.

–¿Sólo uno? –le preguntó ella, humedeciéndose los labios de manera muy sensual.

Y él deseó saborear aquella lengua, aquellos labios. ¿A qué sabrían?

–Para empezar.

Trazó la línea de su cuello con la punta del dedo y ella se estremeció y volvió a humedecerse los labios. Entonces, se inclinó hacia él, pero no lo suficiente para que sus cuerpos se tocaran.

Steven continuó acariciándole la cara con cuidado. Tomándose su tiempo. Las mejores cosas siempre llevaban tiempo, por muy tentado que se sintiese en esos momentos a precipitarse. La paciencia siempre tenía su recompensa.

Recorrió la línea del escote de su blusa. Tenía los pechos grandes. No se acercó a ellos, aunque lo deseó. En su lugar, se contentó con la suavidad de la piel que quedaba al descubierto.

Entonces, se acercó a ella, que echó la cabeza hacia atrás y se puso de puntillas. La observó, tenía los ojos entrecerrados y Steven sintió aquella ola de deseo que lo asaltaba siempre que estaba a punto de probar a una mujer nueva.

Ainsley apoyó las manos en sus hombros y él dudó, alargando el momento. Ella se irguió más, para hacerle sentir su aliento caliente en los labios, pero Steven se apartó.

Sería él quien decidiese cuándo iban a darse su primer beso. Y quería que a Ainsley le quedase claro quién mandaba allí.

La besó suavemente en la mejilla y fue acercándose a su oído, donde le susurró:

—¿Me deseas?

—Sí...

—Bien.

Capítulo Cuatro

Ainsley no pudo evitar hacer lo que Steven quería. Había perdido el sentido del espacio y la conciencia de sí misma con sus caricias. Y sabía que haría lo que él le pidiese mientras siguiese tocándola. Deseó que la besase.

Pero Steven siguió jugando con ella. Le mordisqueó la oreja y ella dio un grito ahogado y notó cómo una ola de puro deseo la recorría. Se le hincharon los pechos, se le aceleró el pulso y sintió humedad entre los muslos. Su cuerpo se estaba preparando para él.

Lo que era ridículo. No iba a acostarse con Steven Devonshire. ¿O sí? Tal vez sí. Inmediatamente, su mente se centró en el posible conflicto de intereses creado por el artículo. La redactora mencionaría que Steven y ella… ¿qué? ¿Se habían acostado juntos? Eso dañaría la integridad del artículo, que en realidad iba a estar centrado en las madres.

Antes de poder darle más vueltas al tema, sintió su boca en el cuello y volvió a estremecerse.

Al perder peso, había vuelto a despertar como mujer, pero la atención que los hombres le habían dedicado había sido demasiada. Entonces, se dio cuenta de que los hombres que le habían prestado atención no habían sido los correctos. Porque entre los brazos de Steven, se sentía como si estuviese justo donde tenía que estar.

Él le susurró palabras subidas de tono contra la piel, que todavía la excitaron más. Ainsley se aferró a sus hombros e intentó apretarlo contra su cuerpo, pero Steven se apartó.

–No me toques hasta que yo no te lo diga –le dijo.

–¿Por qué no?

–Porque yo lo digo.

Ainsley bajó las manos, sin saber qué hacer con ellas. Dejar que Steven la acariciase y no poder tocarlo la excitó más. Una ráfaga de aire frío le recordó que estaban en la calle.

Hasta ese momento, sólo había pensado en sus besos. Unos besos que todavía no había probado.

–Vamos a meternos en el coche –sugirió.

–No hasta que no consiga mi beso –dijo Steven.

Ella intentó llevarle la contraria, pero notó que la besaba en la clavícula. Tenía la boca caliente y estaba haciéndole sentir mucho placer.

Ainsley tuvo la incómoda sensación de que tal vez no fuese capaz de negarle nada.

No podía creerse que estuviese echa un mar de deseo y que no le importase. Quería más de él. Alargó la mano para tocarlo, pero Steven arqueó una ceja y ella supo que, si lo tocaba, pararía. Gimió y volvió a bajar la mano.

–Buena chica –le dijo él sonriendo–. Te recompensaré por ello.

–¿Puedo escoger el premio? –preguntó Ainsley, sonriendo también.

Él negó con la cabeza y la besó en los labios. Fue un beso apasionado, tal y como ella había esperado.

Steven la agarró por la cintura y la apretó contra su cuerpo mientras la besaba. Ella notó la dura pared de su pecho contra los suyos y la cálida presión de su lengua entrando entre sus labios. Intentó acercarse más a él, pero sólo podía tocarlo donde él la dejaba.

Aquella impotencia, con respecto a su propia pasión y al control de Steven, fue el sentimiento más embriagador que había tenido. La boca de Steven era deliciosa. Su sabor, adictivo. Y Ainsley quería mucho más que aquello.

Todo su cuerpo le instaba a estar con él. Tomó su labio inferior con los dientes y él gimió e hizo lo mismo con el suyo.

Steven puso una de sus grandes manos en el centro de su espalda y la sujetó con fuerza.

Ainsley era su prisionera. Y a ella lo único que le importaba era que aquel momento no terminase. Que la boca de Steven siguiese pegada a la suya.

Y eso la asustó. Aquel beso la aterró. Tenía éxito porque no dejaba que ningún hombre ni ninguna relación interfiriesen en su trabajo. Y siempre le había sido fácil comportarse así, porque ningún hombre había amenazado nunca aquel firme propósito.

En parte, debía de ser porque con ningún otro hombre se había sentido tan bien. Steven había sido capaz de hacerla cambiar con sólo un comentario. Y ella se había dado cuenta de que, a pesar de que sus padres siempre le habían dicho que la querían y que era muy guapa, los hombres la habían visto de una manera distinta. De hecho, había sido casi invisible para ellos.

Tenía que ser cauta porque, tal y como se sentía en esos momentos, iba a dejarse llevar por él. Y lo que más la asustaba era que no le importase. Intentó apartarse de él, que la fue soltando poco a poco.

Ainsley se llevó la mano a la boca. No estaba siendo ella misma. Aquello era surrealista.

–Ha sido…

–¿Increíble?

Ella negó con la cabeza. Steven había hablado con toda naturalidad y ella deseaba hacer lo mismo, pero no podía.

–Intenso.

–Seguro que no es la primera vez que te besan así.

Ella empezó a negar con la cabeza, pero no quiso que Steven se acordase de la chica regordeta por la que ningún hombre se había interesado. Aquello formaba parte del pasado.

–Así, no –admitió. No podía mentirle.

En los asuntos de cama no era una mujer sofisticada. Tal vez pudiese fingirlo cuando estaba rodeada de fotógrafos y famosos, pero con aquel hombre, no. Y no iba a hacer como si aquello le ocurriese todos los días, aunque tal vez hubiese sido lo mejor para ella.

Ainsley guardó silencio mientras él la llevaba a casa. Vivía en el elegante barrio de Notting Hill.

–¿Por qué elegiste esta zona para vivir?

–Por la película de Julia Roberts y Hugh Grant –admitió ella ruborizándose.

–¿Por eso decidiste trabajar también en una revista? ¿Por qué lo viste en una película?

–Hay maneras peores de encontrar trabajo. ¿Y tú?

–No vayas tan rápido. No me has contado por qué escogiste tu profesión.

–Puedes aparcar aquí mismo –le dijo ella, señalando un hueco que había un poco más adelante.

Él aparcó y apagó el motor, pero ninguno de los dos hizo amago de salir.

–¿En qué película lo viste?

–En *Luna nueva*. ¿La has visto?

Steven no la había visto, no veía mucho cine. Se había pasado la vida haciendo cosas. Intentando demostrar que era mejor que sus ancestros, y la mayoría de los días, lo había conseguido.

–No. ¿De qué trata?

–Del director de un periódico, Cary Grant y su ex esposa y periodista, Rosalind Russell… es genial. Hacen que parezca muy divertido, trabajar en un periódico. Cuando la vi, supe que quería ser periodista.

–Pero no lo eres –comentó él.

–Cuando terminé la carrera seguí otro camino, pero jamás se me habría ocurrido dedicarme a escribir si no hubiese sido por esa película.

Ainsley se apasionaba cuando hablaba de escribir y Steven se preguntó por qué lo habría dejado. No la veía capaz de haberlo hecho por dinero.

–¿Cuántos años tenías cuando decidiste que querías escribir?

–Doce –contestó ella–. ¿Y tú? ¿Cuándo decidiste que querías gobernar el mundo?

Él se echó a reír al oír la pregunta.

–Ya en el vientre de mi madre supe que lo quería todo.

–¿Y crees haberlo conseguido?

Steven inclinó la cabeza para observarla. Ainsley le hacía preguntas que no le había hecho nunca nadie, salvo otra periodista. Aquella chica regordeta y patosa que lo único que tenía en común con Ainsley eran los ojos violetas y sus incisivas preguntas.

–Todavía no, pero casi.

Intentó recordar otros detalles de aquella mujer, pero sólo vio sus ojos violetas. Sacó la llave del contacto y salió del coche para dar la vuelta y abrirle la puerta a Ainsley.

Su madre siempre había insistido mucho en los buenos modales. Siempre había dicho que a las mujeres les gustaba ser tratadas con respeto y que siempre se lo merecían.

Abrió la puerta y le tendió la mano a Ainsley. Ella la tomó. Tenía los dedos pequeños y delicados. La vio girarse y sacar las esbeltas piernas. Una de las primeras cosas que le habían llamado la atención de ella. Salió del coche y se quedó a su lado. Y Steven volvió a desearla. Quiso volver a besarla, pero supo que no debía hacerlo.

Quería saborear cada momento que pasase con ella. Hacer que aquella especie de emoción que sentía, que era sólo deseo, durase un poco más antes de volver a su mundo gris. Un mundo en el que sólo trabajaba y se concentraba en demostrar que era el mejor.

–Te acompañaré a la puerta –le dijo.

–No hace falta –respondió ella–. Podré encontrarla sola.

–Insisto.

Y volvió a poner la mano en la curva de su espalda.

–Veo que no aceptas nunca un no por respuesta.

–Si quieres lo mismo que yo, saldremos ganando los dos.

–Tengo la sensación de que no sabré si es lo que realmente quiero, o lo que tú me has hecho pensar que quiero –replicó ella.

–No voy a obligarte a nada.

–¿Te gustaría entrar a tomar algo? –le preguntó Ainsley.

–Me encantaría –respondió él, llegando hasta la puerta de su casa sin apartar la mano.

Ainsley tenía la cintura delgada, las caderas más amplias, pero no demasiado. Steven apoyó la otra mano en su cintura, para ver cómo se veían en su cuerpo. Lo que quería en realidad era agarrarla así, pero desnuda.

–¿Qué estás haciendo?

–Estoy imaginándote desnuda.

Ella se ruborizó y dejó caer las llaves. Se agachó a recogerlas y Steven se excitó al ver cómo se le pegaba la falda al trasero. Bajó la mano por sus curvas hasta llegar casi al bajo de la falda.

Ella se incorporó, metió la llave en la cerradura y abrió la puerta.

–No hagas eso.

–¿Por qué?

–Porque todavía tenemos un trato. Voy a publicar una serie de artículos sobre tu familia, y no deberíamos tener una relación personal al mismo tiempo.

–No estamos trabajando juntos, Ainsley –le dijo él, dando un paso al frente y obligándola a retroceder.

Cerró la puerta tras de él y se inclinó hacia delante para atraparla contra la pared.

–Lo que hay entre nosotros es mucho más que un trato –le dijo.

–¿De verdad? Porque a mí me da la sensación de que eres del tipo de hombres que sólo dicen eso hasta que pasan por mi cama.

A Ainsley le seducía todo en Steven. Era encantador y sabía prestarle atención a una mujer. La escuchaba y le hacía preguntas que la invitaban a seguir hablando. Y eso era algo que ningún otro hombre había hecho.

Pero se sentía de un modo parecido a como se había sentido la primera vez que lo había visto, y después de un par de horas hablando con él, toda su vida se había venido abajo.

Ainsley sabía que su nuevo cuerpo gustaba a los hombres, pero ella seguía sintiéndose como la chica regordeta que siempre se sentaba al fondo de la clase. Y dudaba que eso fuese a cambiar.

Y que Steven le prestase atención no iba a hacer

que las cosas fuesen más fáciles. Ainsley quería ser el tipo de mujer sofisticada que se lo habría llevado a la cama y no se habría arrepentido a la mañana siguiente si él se marchaba.

Pero no lo era.

Lo miró a los ojos e intentó ver en ellos algo que le dijese el tipo de hombre que era. Se había pasado toda la noche haciéndole preguntas, pero no había conseguido sacarle nada.

–¿En qué estás pensando? –le preguntó él.

–Estoy intentando juzgar al hombre que tengo delante de mí.

Steven no se movió, pero ella se sintió como si se hubiese acercado todavía más. Apartó la mano de la pared y le acarició la mejilla.

La sensación fue eléctrica y Ainsley se sintió impotente ante ella. Ningún hombre la había tocado así antes. Ninguno la había hecho sentirse tan… sexy.

Entonces se dio cuenta de que no podría rechazarlo.

–¿Tengo alguna carencia? –le preguntó él.

–No, Steven, no.

–Me gusta cómo dices mi nombre.

–¿De verdad? ¿Por qué?

Él le acarició el labio inferior.

–Porque tu voz se dulcifica cuando dices mi nombre. Si no, eres demasiado profesional.

–Mi trabajo es mi vida –respondió ella.

Él arqueó una ceja.

–Lo mismo dicen de mí.

–¿Y es verdad?

–Muchos creen que lo es, pero yo tengo también otros intereses –respondió Steven, encogiéndose de hombros.

–¿Como cuáles? –le preguntó Ainsley, intentando averiguar algo de él que no hubiese leído en alguna revista o en Internet.

–El paracaidismo. ¿Y la redactora jefe? ¿Qué hace para divertirse?

–Leer.

–¿Leer? Eso no es hacer algo, Ainsley.

–Te equivocas. Yo he vivido aventuras con las que tú no podrás jamás ni soñar a través de las páginas de mis libros. He estado en lugares a los que jamás habría soñado viajar.

–¿Como por ejemplo?

–Somalia. Leí un libro de un hombre que había crecido allí y había vivido la violencia y el peligro que sigue reinando en el país.

–Tengo que admitir que Somalia es peligrosa. ¿Algún otro lugar al que te gustaría ir? ¿O en el que no hayas estado?

Ainsley se encogió de hombros.

–Bueno, no he ido nunca a Ibiza, pero tengo planeado un viaje para este verano. Estuve en Madrid el verano pasado.

Steven se echó a reír.

–Todo el mundo va allí de vacaciones, no me parece nada atrevido.

–Fui a ver una corrida de toros.

–¿Y qué te gustó de ella? –quiso saber él.

–El ambiente, la emoción. Hicimos un artículo al respecto hace unos seis meses, que, por cierto, sale ahora. ¿Te parece ridículo todo lo que te estoy contando?

–En absoluto. Me parece que eres una mujer muy interesante. Y me alegro de haberte conocido un poco mejor esta noche. ¿Cuánto tiempo llevas viviendo en el Reino Unido?

–Casi tres años –respondió ella.

–¿Y por qué viniste?

–Por mi trabajo.

–Eso sí me parece atrevido –le dijo Steven–. Dejar tu casa y a tu familia para irte a otro país.

Ainsley se sintió especial al oír aquello. Y al mirarlo a los ojos oscuros se dio cuenta de que la estaba viendo a ella. No veía sólo su cuerpo, ni su puesto en la revista. El hecho de gustarle a Steven por sí misma la sedujo más que cualquier otra cosa.

Capítulo Cinco

Steven se echó hacia delante y la besó. Fue un beso suave, que a Ainsley le dio la sensación de que duraba mucho, como si tuviesen todo el tiempo del mundo y sólo existiesen ellos dos.

Pronto cerró los ojos y dejó de pensar en todo, salvo en el beso. Y en que quería conocer mejor a Steven. También quería que la volviese a agarrar por la cintura, que la apretase contra su cuerpo.

Él levantó la cabeza y Ainsley intentó recomponerse antes de abrir los ojos. No quería parecerle todavía más vulnerable de lo que era.

Apoyó la cabeza en la pared y los abrió. Steven la estaba mirando fijamente.

–¿En qué piensas? –le preguntó ella.

–En que ninguna mujer me había sabido tan bien como tú –le dijo él.

Aquel comentario la abrumó. En muchos aspectos, ambos iban por el mismo camino. Steven Devonshire, podría ser para ella más que una cita…

–¿Todavía quieres una copa? –le preguntó, sin saber si ella quería que se quedase.

Steven negó con la cabeza.

–Será mejor que me marche.

Ella también lo pensaba. Salió de entre sus brazos y le abrió la puerta.

El aire frío de la calle hizo que se estremeciese mientras Steven cruzaba el umbral de la puerta.

–¿Volverás a cenar conmigo? –le preguntó él.

–Sí –respondió ella–, pero mañana me marcho a Nueva York.

–¿Cuánto tiempo estarás allí?

–Cuatro días, pero no volveré a estar en funcionamiento hasta dentro de seis. El jet lag me deja hecha polvo.

–En ese caso, cenaremos juntos dentro de seis días… el lunes que viene. Pasaré a recogerte.

Ainsley se dio cuenta de que Steven estaba acostumbrado a dar órdenes.

–¿Todo el mundo hace siempre lo que tú dices?

–Casi siempre –admitió él.

–Pasa a recogerme por el trabajo, no me dará tiempo a venir por casa.

–Muy bien. Mi secretaria llamará mañana a tu despacho para que le des tus datos: dirección de correo electrónico y todo eso. Para que podamos seguir en contacto mientras estás fuera.

–¿Y para qué vas a querer contactarme?

–Para el artículo, por supuesto.

–He asignado el trabajo a una redactora y mi jefe quiere que lo lleve también otra persona de Estados Unidos, así que tal vez tengamos a dos redactores trabajando en él.

–Me parece bien.

Ainsley se quedó en la puerta hasta que Steven se metió en el coche y se marchó. Luego, entró y cerró la puerta. Y se apoyó en ella.

Steven Devonshire la había besado.

No debía darle demasiada importancia. No era más que un beso. De un hombre que le resultaba interesante... Bueno, ¿a quién quería engañar? Llevaba cinco largos años obsesionada con él.

Había leído todo lo que se había publicado sobre él, pero estaba empezando a darse cuenta de que no lo sabía todo.

–Deja de hacerte ilusiones –se advirtió a sí misma, quitándose los zapatos mientras echaba a andar, una costumbre que su madre siempre había odiado.

Entró en la pequeña cocina, se sirvió una copa de coñac y se la bebió.

Tenía que seguir centrada en su carrera. No iba a permitir que Steven la trastornase otra vez. Sería fácil ceder a sus propios deseos e imaginarse que podía tener una relación real con él, pero no debía olvidar que, detrás de su encantadora fachada, seguía habiendo un pit bull.

Se acostó, pero no pudo dormirse. Sólo podía pensar en que tenía que haberlo agarrado de la mano y habérselo llevado a la cama. No tenía que haber permitido que se marchase. Porque sabía que al día siguiente la asaltarían las dudas acerca de que un hombre tan guapo y sexy como Steven Devonshire pudiese interesarse realmente por una chica como ella.

Dos días después Steven se dio cuenta de que estaba raro. Estaba en una reunión con el equipo de Everest Mega Store, en las oficinas de Leicester

Square, cuando vio a una chica en la zona de la tienda que se parecía a Ainsley. Sabía que no podía ser ella, porque estaba en Nueva York, pero se pasó un minuto observándola para estar seguro.

Estaba obsesionado con ella. Tenía que habérsela llevado a la cama la primera noche, pero había esperado porque antes quería descubrir sus secretos. En esos momentos, los secretos le daban igual, quería poder sacársela de la cabeza para volver a la normalidad.

–¿Señor Devonshire?

Su secretaria, Marta, lo había llamado desde la puerta.

–Abajo hay una mujer que pregunta por usted –le dijo.

Él se preguntó si podía ser Ainsley.

–¿Te ha dicho cómo se llama?

–Dinah… pero no recuerdo su apellido, señor.

–Dile que enseguida bajo. Tengo que volver a mi despacho, ¿te importa terminar tú aquí, Marta?

–Sí, señor.

–Luego vete a comer y vuelve a las dos.

Steven salió del despacho y vio a Dinah, su vicepresidenta ejecutiva esperándolo en la tienda, donde sonaba música de los años setenta y había una figura de cartón de Tiffany Malone, la madre de Henry, a tamaño real.

Se preguntó cómo podía Malcolm haberse sentido atraído por su madre después de haber estado con aquella mujer tan abiertamente sexual. Su madre no era así. Era inteligente y tenía una belleza clásica, pero en comparación con Tiffany Malone…

–Gracias por venir tan pronto –le dijo a Dinah.

–De nada. Me prometiste una buena prima, así que aquí estoy.

–Así me gusta. Vamos a mi despacho, a hablar de los detalles.

–De acuerdo, pero ¿por qué me has pedido que venga aquí? –le preguntó Dinah.

–Para que eches un vistazo. Ésta es la tienda que mejor funciona. ¿Qué están haciendo aquí que sea diferente?

–¿Quieres que visite todas las tiendas?

–No todas, pero sí la mayoría. Quiero saber si es la situación o el producto. ¿Deberíamos tener productos distintos en cada tienda? Quiero decir, además de la música.

–Muy bien –dijo Dinah.

Pasearon por la tienda y tomaron notas de lo que vieron antes de volver al despacho.

Steven se quedó trabajando hasta tarde. No había tardado en darse cuenta de que podía superar los resultados de sus hermanos. Tenía las cifras de la discográfica y de la aerolínea delante. Y Dinah le había mando por correo electrónico sus recomendaciones para las tiendas estadounidenses.

Pensó que alguien tenía que ir a Nueva York. Tomó el teléfono y llamó a Dinah.

–¿Sí, jefe?

–¿Qué te parecería un viaje a Nueva York?

–Me parece que me has leído la mente. Te estaba mandando un correo al respecto. Me gustaría llevarme a Harry, de contabilidad, conmigo.

Discutieron de los detalles del viaje y Steven se acordó de Ainsley, pero estaba contento con Dinah y siempre delegaba, a no ser que las cosas fuesen muy mal.

Era media noche cuando, antes de marcharse del trabajo, comprobó su correo electrónico personal. Quería tener noticias de Ainsley. Quería que estuviese pensando en él.

Eran las cinco de la mañana en Manhattan y quería que, cuando se despertase, su primer pensamiento fuese para él.

Le escribió un mensaje. Pensó bien lo que iba a poner porque quería ir seduciéndola poco a poco:

No puedo dejar de pensar en ti. No he podido olvidar la suavidad de tus labios y sigo oliendo tu perfume a mi alrededor. Ten cuidado en Nueva York.

Steven

Podría haber escrito más, pero prefirió ser sutil. Había aprendido que los pequeños gestos suelen tener un mayor impacto que los grandes.

Le dio a Enviar y se marchó. En el coche, no pudo evitar pensar en Ainsley, sentada a su lado.

El aroma de su perfume seguía allí, era casi como si ella estuviese allí. Steven sacudió la cabeza para intentar sacarse aquellos pensamientos de la mente.

Llegó a casa, se desnudó y se tumbó en la cama, pensando en el curvilíneo cuerpo de Ainsley y en el sabor de sus labios.

***

A Ainsley le había costado adaptarse al cambio horario. El día anterior se había acostado a las seis de la tarde y se había levantado a las cinco de la madrugada. Tenía muchas reuniones y estaba intentando trabajar lo máximo posible.

Freddie la había acompañado, ya que era su mano derecha. Siempre trabajaban en equipo, aunque ella fuese la jefa.

No obstante, no tenían los mismos horarios, así que Ainsley imaginó que todavía no estaría despierto. Pidió café, cereales con fibra y fruta al servicio de habitaciones para desayunar, a pesar de sentirse tentada por la famosa tarta de queso con mermelada de fresa que habría tomado unos años antes.

Era una tontería, pero siempre estaba luchando con la comida. Era consciente de que, durante los años de universidad, se había refugiado demasiado en los donuts y los carbohidratos y, cuando había querido darse cuenta, se había hecho obesa. Eso la había ayudado con sus estudios, ya que le había costado mucho menos centrarse dado que la mayoría de los hombres no se sentían atraídos por ella.

Llevaba casi tres meses sin sentirse tentada por un dulce y sabía que, si le ocurría en esos momentos, era por culpa de Steven.

Éste estaba haciendo que se sintiese insegura y que quisiese combatir dicha sensación con la comida. Ainsley sabía que, si hubiese estado gorda, Steven jamás se habría fijado en ella. Y eso la estaba volviendo loca. Él la estaba volviendo loca.

Cuando cerraba los ojos, todavía podía ver su rostro y quería ser merecedora de su atención. No quería decepcionarlo, pero se temía que iba a ser así.

Había perdido peso haciendo dieta, no ejercicio, así que todavía había partes de su cuerpo que no estaban tan tonificadas como las de una persona que fuese al gimnasio todos los días.

¿Y si Steven la veía desnuda y cambiaba de idea con respecto a ella? Y si…

No obstante, no iba a dejar que sus dudas le estropeasen la oportunidad de estar con él.

Abrió su correo electrónico y vio que el primer mensaje era suyo. Lo leyó y se ruborizó. Si iba a estar con él, tendría que ser mucho más fuerte, pero no tenía ni idea de cómo hacerlo.

Se apartó del ordenador y se puso delante del espejo. Su rostro había cambiado tanto que, a veces, casi no se reconocía: tenía las mandíbulas marcadas, los labios todavía carnosos, pero lo que más había cambiado había sido su figura.

O no, lo que más había cambiado había sido su trabajo. Jamás olvidaría el día en que el dueño del Grupo Sheffield la había llamado para felicitarla.

Miró a la mujer delgada del espejo y se preguntó de dónde habría salido mientras rezaba porque jamás se marchase. En el fondo, sabía que su peso no tenía nada que ver con su éxito. Había cambiado por dentro y sólo deseaba dejar de ver a la anterior Ainsley cada vez que se miraba en el espejo.

Sacudió la cabeza. Necesitaba creer en sí misma como creía en su capacidad profesional. Era capaz de ganarse el afecto de Steven… ¿era eso lo que quería?

Su secretaria, Cathy, les había mandado un mensaje a Tiffany Malone, a Lynn Grandings y a la princesa Louisa para ver si accedían a ser entrevistadas. A Maurice Sheffield, su jefe supremo, le encantaba la idea de hacer una retrospectiva sobre las tres mujeres y ella no iba a decepcionarlo.

Le había asignado el trabajo a Bert Michaels, que había entrevistado al príncipe Harry el año anterior.

Y ésta tenía además una cita con el abogado de Malcolm para ver si podía entrevistarlo. Malcolm Devonshire era una de las personas más conocidas de su época. Era un personaje legendario no sólo por sus aventuras, sino por sus ganas de vivir. Vivía a lo grande, pero siendo discreto con sus asuntos personales.

Entrevistarlo sería todo un triunfo, algo que sus jefes valorarían. Y Ainsley sabía que su encuentro con Steven aquel día en la tienda de Everest Mega Store había sido fortuito.

Se duchó y se vistió pensando en las reuniones que tenía ese día, pero antes de salir del hotel supo que quería responder al correo de Steven. Aunque no tenía ni idea de qué decirle.

«Yo también», o algo similar. No le parecía la respuesta adecuada. Aunque tampoco quería hacer promesas que no pudiese mantener. Cuando estaba con Steven, le era fácil olvidarse de sí misma. Olvidarse de sus miedos y del hecho de no ser quien él creía que era.

Aparte de aquello, eran muchos los obstáculos que se interponían entre ambos. Ella tenía muy poca experiencia y él, demasiada. Ella era una chica de pueblo y él, el hijo de un multimillonario y de una conocida científica.

Pero nada de eso importaba cuando estaban juntos.

Aun así, Ainsley seguía teniendo muchas preguntas. Preguntas que tal vez Steven no le respondiese jamás.

No obstante, no iba a rendirse. Iba a intentar estar con él, pero, antes, tenía que pensar qué decirle.

Le dio a la tecla de Responder y se sentó frente al ordenador, intentando ponerse cómoda.

«Querido Steven». No, eso sonaba demasiado profesional. «He soñado contigo». Y le dio a Enviar antes de poder arrepentirse.

Capítulo Seis

En el último momento, Steven decidió que iría él a Nueva York en vez de enviar a Dinah. Y se alegró de ello. El Everest Mega Store en Times Square era muy importante, y mientras recorría la tienda con el vicepresidente de la unidad norteamericana, Hobbs Colby, se dio cuenta de que Hobbs tenía algunas ideas muy buenas para sacar partido del potencial de la tienda.

–Volvamos al despacho a ver cómo podemos explotar esta tienda –le dijo Steven.

Y lo siguió a la sala de conferencias del tercer piso. Dentro de la tienda había un estudio de radio desde el que hacían emisiones en directo y la sala de conferencias daba a la zona de ventas.

–Creo que el local es un activo que no estamos explotando todo lo que podríamos. Me gustaría que emitiesen desde aquí todos los artistas que pertenecen al sello Everest –comentó Steven–. Utilicemos la tienda para que promocionen su música, para dar fiestas y que firmen discos.

–Por nuestra parte, no sería ningún problema, pero siempre me ha costado que la discográfica me devuelva las llamadas. Sé que soy nuevo, pero he trabajado años para un promotor de conciertos así que tengo experiencia en ese tipo de actos.

–Deja que haga un par de llamadas yo –le pidió Steven–. Espera, llamaré ahora mismo.

Hobbs asintió y salió de la sala, y Steven llamó a Henry. Eran las diez de la noche en Londres, pero sabía que Henry estaría levantado.

–Devonshire –contestó éste.

–Soy Steven. Estoy en Nueva York y quería hablar contigo de una cosa. ¿Tienes un minuto?

–Por supuesto. Estoy en un bar. Espera a que encuentre un lugar más tranquilo.

Steven esperó sin colgar.

–Ya está. ¿Qué ocurre?

–No sé si estás al tanto de las tiendas del grupo, pero algunas están preparadas para emitir programas de radio. La tienda en la que estoy, en Times Square, tiene también espacio para hacer actuaciones en directo. Hobbs Colby, el vicepresidente de la unidad norteamericana, ha intentado traer a algunos artistas a que toquen aquí.

–Todavía no he tenido oportunidad de llamarlo. ¿En qué estás pensando?

–En que utilicemos este lugar para estrenar nuestros CDs en Norteamérica. Creo que eso beneficiaría a ambos negocios.

–Estoy de acuerdo. Deja que hable con algunos artistas y volveré a llamarte.

–Gracias, Henry.

Steven pasó la tarde hablando por teléfono.

Hobbs se marchó y Steven miró los mensajes de correo electrónico en su iPhone. Todavía tenía el de Ainsley en la bandeja de entrada. Después de leerlo, había tomado la decisión de ir a verla.

No había querido esperar una semana para volver a estar con ella, y no solía dudar cuando quería algo. Sabía que perseguirla era complicado, pero todo lo que tenía en la vida le había costado trabajo.

Iba a llamar a Ainsley cuando le sonó el teléfono.

–Hola, tía Lucy.

–Hola, Steven, ¿cómo estás?

–Bien. ¿Qué puedo hacer por ti?

–¿Podemos cenar juntos mañana por la noche? Voy a estar en Londres.

–Lo siento, pero estoy de viaje –le dijo él.

Su tía suspiró.

–Ojalá sacases más tiempo para estar con la familia.

–Nos vemos una vez al mes.

–Es cierto –admitió ella–. Ya sabes dónde estoy si me necesitas.

–Sí. Ahora tengo que dejarte. Tengo una reunión.

–Adiós, Steven. Te quiero.

–Adiós, tía Lucy –respondió él, que nunca decía la frase con la que había terminado su tía. Ni siquiera sabía si era capaz de sentir dicha emoción.

Colgó el teléfono y llamó a su secretaria para que averiguase dónde estaba alojada Ainsley.

Había sido un día muy largo y agotador, así que cuando Ainsley llegó al hotel de Times Square donde estaba alojada sólo quería irse a la cama, pero al atravesar el vestíbulo oyó que la llamaban. Era Steven Devonshire.

–¿Qué estás haciendo aquí? –le preguntó.

No quería verlo allí, en Manhattan, donde le había hecho la horrible entrevista cinco años antes, pero se reprendió a sí misma. Había vuelto a empezar y tenía que dejar de pensar en Steven como en su San Martín. Gracias a él se había convertido en la mujer que era. O no. Ella misma se había convertido en lo que era.

–¿Te parece ése el mejor modo de saludar al hombre con el que sueñas?

–Sabía que me arrepentiría de escribir algo así.

–¿Es verdad?

–No acostumbro a mentir.

–Me alegro. He venido por negocios y tengo un rato libre.

–Qué suerte. Yo también –respondió Ainsley–. ¿Te gustaría tomar algo?

Dado que Steven estaba allí, prefería ser ella quien llevase el control de su relación.

–Me encantaría. Conozco un lugar cerca de aquí, Blue Fin.

–Tengo que cambiarme antes.

–Estás preciosa así –le dijo él.

–Gracias, pero necesito un par de minutos.

–No pasa nada. Nos veremos aquí dentro de media hora.

–De acuerdo.

Ainsley lo dejó en el vestíbulo y subió a su habitación. Se puso unos pantalones vaqueros ajustados y una camisola que solía ponerse debajo del traje. Se deshizo la cola de caballo con la que solía ir a trabajar y se dejó el pelo suelto sobre los hombros. Luego se retocó el maquillaje y bajó.

Steven estaba donde lo había dejado, pero escribiendo un mensaje en su iPhone. Ainsley se quedó a cierta distancia para dejar que terminase en privado.

–Estás preciosa esta noche –le dijo él.

El cumplido la incomodó.

Steven le puso la mano en la espalda para acompañarla a la calle. Había muchos viandantes a esas horas y la mantuvo cerca de él para que no chocase con nadie. Ninguno de los dos habló hasta que no estuvieron sentados a una mesa alta en el bar, cada uno con una copa en la mano.

–¿Por qué no me dijiste que ibas a venir tú también a Nueva York? –le preguntó Ainsley.

–Porque quería sorprenderte.

–Y lo has hecho. No estás siendo como yo esperaba.

–¿Y qué esperabas? –le preguntó Steven, dando un trago a su copa.

–Que fueses un poco más frío –admitió Ainsley.

–¿Por qué?

–Porque he oído que eres bastante despiadado en los negocios.

–Eso es sólo en los negocios.

–¿Y eres distinto en tus relaciones personales?

A él no pareció gustarle la pregunta, se inclinó hacia delante antes de contestar.

–Yo…

–¡Ainsley! ¿Qué haces aquí? –inquirió Freddie, acercándose a su mesa–. Pensé que querías acostarte temprano.

–Me he encontrado con Steven y hemos decidido tomarnos una copa. Steven, éste es Frederick VonHauser. Trabaja para mí en *Fashion Quarterly*. Freddie, éste es Steven Devonshire.

Freddie la miró sorprendido.

–¿Os importa si me siento con vosotros? He quedado con unos amigos, pero no han llegado todavía.

Ainsley quiso decirle que no, pero Steven asintió.

–Siéntate.

Freddie se sentó entre los dos y Ainsley deseó que se marchase. No quería que Freddie y Steven hablasen juntos. No quería que Freddie dijese nada que pudiese hacer que Steven recordase a la mujer que había sido.

–¿Cuánto tiempo vas a estar por aquí? –le preguntó Freddie.

–Sólo tres días. Estoy comprobando el funcionamiento de los Mega Stores Everest en Norteamérica.

–¿Así que ha sido una casualidad que estés aquí al mismo tiempo que Ainsley?

–Sí, una feliz casualidad –respondió Steven mirándola.

–Eso parece –dijo Freddie–. Acaban de llegar mis amigos, así que os dejo. Que disfrutéis de la velada.

–Lo haremos –contestó Ainsley.

–Lo siento –dijo Steven cuando Freddie se hubo marchado–. Te he visto un poco tensa.

–No esperaba encontrarme con nadie del trabajo aquí.

–¿Es eso un problema?

–Podría serlo. No quiero que se dude de mi integridad profesional por salir contigo. Si vamos a seguir viéndonos, tendré que decírselo a mi jefe.

–Los artículos van a estar centrados en las madres de los herederos, así que no creo que eso sea un inconveniente –contestó él.

–¿Tanto te importaría que no volviésemos a vernos? –le preguntó ella. Necesitaba saberlo. No iba a poner en peligro su carrera por un hombre que sólo quisiese conseguir un trofeo.

–Sí. No estaba jugando cuando te mandé ese correo electrónico. No puedo dejar de pensar en ti, Ainsley, y eso es muy peligroso, porque estoy acostumbrado a pensar sólo en mi trabajo.

–Yo también –admitió ella.

–Bien, resolveremos el problema.

Ella asintió. Se terminaron la copa y Steven tuvo que marcharse porque había quedado para cenar. Ainsley volvió al hotel.

Sabía que quería volver a verlo y, si eso iba a ocurrir, tenía que decírselo a su jefe. No quería perder su trabajo por culpa de Steven Devonshire.

A la mañana siguiente, Ainsley se despertó cuando llamaron a su puerta para entregarle un enorme ramo de flores. Eran de Steven.

En la nota le daba las gracias por la noche anterior y le decía que estaba deseando volver a verla.

Con el papel en la mano, Ainsley se sentó al lado de donde había puesto las flores. No quería enamorarse de él, pero era difícil no hacerlo, con detalles así.

Toda su vida había sido una inadaptada. En el instituto no había salido con nadie por su aspecto. Y en la universidad se las había arreglado como había podido. Había tenido un novio, Barry, que no había sido el amante con el que ella había soñado, así que al final se había volcado en sus clases y en su trabajo, y en la comida.

Al perder su empleo por culpa de Steven, sus prioridades habían cambiado, pero sus sueños de futuro, no. Jamás se había imaginado teniendo una relación estable.

Siempre había sido feliz sola. Y en esos momentos soñaba con Steven, con levantarse a su lado por las mañanas, y no sabía qué quería decir eso. Le asustaba la idea de llegar a necesitarlo. No quería necesitar a un hombre como él.

Dejó la tarjeta y tomó el teléfono para llamar a Maurice.

—Soy Ainsley.

—Buenos días, Ainsley. ¿Tienes ya los detalles de los artículos sobre los herederos de Devonshire?

—Estoy trabajando en ello, señor, pero necesitaba hablar de algo con usted.

—¿Sí?

—Steven Devonshire me ha pedido que salga con él y me gustaría hacerlo, pero no quiero que eso afecte a mi trabajo, aunque no creo que sea un problema. Los artículos estarán centrados en las madres y en Malcolm.

—Deja que lo piense, Ainsley. No quiero interferir en tu vida privada. Tengo entendido que, normalmente, sólo te dedicas a trabajar.

–Es cierto, señor. Mi trabajo es mi vida.

–Lo entiendo, pero también es importante vivir. Creo que podríamos añadir una nota diciendo que sales con Steven si resulta que es así.

–Gracias.

–De nada. Ahora, consígueme a todas las personas necesarias para que el artículo sea un éxito.

–Lo haré.

Al colgar Ainsley se dio cuenta de que ya no tenía ninguna excusa para mantenerse alejada de Steven. Y en parte estaba contenta, aunque también un poco preocupada.

Todavía tenía el control de su vida, pero su corazón quería ser quien tomase las decisiones con respecto a Steven.

Capítulo Siete

–¿Qué tal tu cita? –le preguntó Freddie al final de su tercer día en Nueva York, cuando ambos acababan de subirse a un taxi.

–¿Qué cita?

–Con Steven Devonshire. No hemos tenido tiempo de hablar del tema. ¿Es como esperabas? ¿Sentiste las mariposas en el estómago? ¿Se abrió el cielo?

Ella le dio un suave golpe en el brazo.

–Así dicho, suena como si estuviese… obsesionada. Sólo nos tomamos algo juntos. Es un hombre muy sofisticado y encantador.

–¿Qué le hace ser sofisticado? Cuéntamelo todo.

Ainsley sabía que no podía compartir con Freddie lo que sentía por Steven.

–Sólo pasamos un rato agradable.

–¿Un rato agradable? ¿Estás de broma? ¿Te gusta?

Ella negó con la cabeza.

–Es complicado. Todavía no lo sé ni yo –le dijo ella.

–Bueno, ya sabes dónde estoy si necesitas hablar.

–Gracias. Es curioso, pero tengo la sensación de ser una extraña en esta ciudad.

Freddie se echó a reír.

–Sí, creo que llevamos demasiado tiempo viviendo en Londres.

–Sólo han pasado tres años. ¿Alguna vez piensas en volver aquí? –le preguntó Ainsley.

–Nunca. Me gusta Londres. Y allí es donde están mis mejores amigos.

Ella le lanzó un beso.

–Seguiríamos siendo amigos aunque te mudases.

–Pero la vida cambiaría. Además, a Maxim y a él le gusta la tranquilidad de nuestro barrio.

Maxim era el bulldog inglés de Freddie, al que éste quería tanto que le había puesto una cámara web para hablar con él una vez al día cuando estaba de viaje.

Después de aquello charlaron de cosas sin importancia. Ainsley se dio cuenta de que le había entrado un mensaje en la BlackBerry y vio que Tiffany Malone había aceptado la invitación a ser entrevistada.

–¡Sí! Tiffany Malone ha accedido a hacer la entrevista.

–Es una de mis favoritas. Me gustaba su música. Fue una pena que dejase de actuar.

Ainsley asintió mientras le enviaba un mensaje a su secretaria y otro a la propia Tiffany.

Durante el resto del día, tuvo mucho trabajo. Su secretaria no había conseguido que los tres hijos de Malcolm Devonshire le devolviesen las llamadas, así que Ainsley supo que tendría que intentarlo ella personalmente. No localizó a Geoff, pero le dejó un mensaje de voz.

Después llamó al despacho de Henry.

–Hola, Henry. Soy Ainsley Patterson, de *Fashion Quarterly*. Hablé con Steven hace unos días y me dijo que estarías de acuerdo en participar en una entrevista para nuestra revista.

–No puedo negarme. Mi madre me cortaría la cabeza. Ya me ha dicho que vais a entrevistarla.

–Sí. En cuanto pueda hablar con Geoff, mi secretaria os llamará para ver cuándo podemos quedar. Me encantaría fotografiarte con tu madre y, si es posible, hacer también una instantánea de Malcolm con sus tres hijos.

–Eso no sé si podrá ser, Malcolm no está bien de salud.

–Si él accediese, ¿participarías tú?

–Lo pensaría. Probablemente, sí.

–Gracias, Henry.

–De nada. Según mi madre, vuestra revista es una de las mejores.

–Gracias.

Ainsley colgó el teléfono y marcó el número de Steven, que respondió al tercer tono.

–Devonshire.

–Soy Ainsley –le dijo ella sin más.

–¿Qué puedo hacer por ti?

–Necesito hablar con tu madre sobre la entrevista. Tiffany Malone ya ha accedido.

–Tenía la esperanza de que me llamases para hablar de lo de ayer.

–Pues no, ahora no puedo hablar de eso, estoy en una sala de juntas, con más gente.

–¿No estás sola?

–No.

–¿Si te digo guarradas, te ruborizarás? –le preguntó Steven.

–Es probable –admitió Ainsley.

–Haré todo lo posible para que mi madre acepte, pero alguien tendrá que ir a Berna a entrevistarla.

–¿Y si voy yo y se lo pido?

–Podría funcionar.

–De acuerdo, lo organizaré. Supongo que eso es todo por ahora.

–Estoy deseando volver a besarte –le dijo él.

–Yo también –respondió ella, disponiéndose a colgar antes de que Steven le dijese algo más.

–¿Puedes cenar conmigo esta noche?

–No, tendremos que esperar a estar de vuelta en Londres –respondió ella.

Luego colgaron los dos. Ainsley pensó que había esquivado una bala. Era fría y segura de sí misma en el trabajo, pero su posible relación personal con Steven la asustaba.

Steven habló con Roman, el compañero de su madre en el laboratorio y le dejó un mensaje a ésta avisándola de que Ainsley iba a llamarla. Roman llevaba quince años trabajando con Lynn y le caía bien.

Luego se pasó el resto del día trabajando. Le alegró que Geoff lo llamase y lo invitase a cenar.

Steven se había preguntado muchas veces si su vida habría sido distinta si hubiese conocido a Geoff de niño. Steven había utilizado el apellido de su padre para entrar a Eton, un prestigioso colegio al que había asistido toda la familia de la madre de Geoff, pero a éste lo habían mandado a otro colegio en Estados Unidos.

Steven siempre había pensado que lo habían hecho para evitar que se hablase de la presencia de dos hijos bastardos de Malcolm Devonshire en el mismo centro. Aquélla había sido la primera vez que se había dado cuenta de lo mucho que le interesaba a la gente las circunstancias de su nacimiento.

Había sido abrumador y él había estado a punto de pedirle a su madre que lo cambiase de colegio.

Sacudió la cabeza y recordó el miedo que había sentido al empezar a estudiar en Eton sin tener el respaldo de una familia, como el resto de los chicos. Pero pronto había aprendido a defenderse.

Geoff estaba esperándolo en el club cuando llegó.

–Gracias por venir –le dijo su hermanastro.

–De nada. ¿Qué ocurre?

–Quería hablar contigo de las entrevistas para *Fashion Quarterly*.

–Por supuesto. ¿Cuál es el problema? –le preguntó Steven.

–Que a mi madre no le gusta mucho la publicidad y la redactora jefe la ha llamado un par de veces. Mi madre no ha hablado nunca de la relación que tuvo con Malcolm y luego rehízo su vida con mi padrastro… Así que no quiere hablar del pasado.

–Lo comprendo. No sé si mi madre accederá a hacer la entrevista. Sé que Tiffany sí lo ha hecho.

Geoff le dio un trago a su copa antes de volver a hablar.

–No sé qué hacer –admitió–. Si sólo hace la entrevista Tiffany, será un poco raro. ¿Aun así nos la harían también a nosotros?

Steven no tenía ni idea.

–Es probable. También quiere hablar con Malcolm.

–Pues lo va a tener difícil.

Steven no lo tenía tan claro, había visto a Ainsley en acción y la creía capaz de convencerlo.

–Yo voy a intentar persuadir a mi madre –dijo–. Quiero oír su versión de la historia.

Geoff se encogió de hombros.

–A mi madre será difícil convencerla, pero supongo que, si se entera de que Tiffany y Lynn van a hacerlo, tendrá que ceder. Habrá que ponerse de acuerdo con la casa real.

–Eso espero. Ainsley está decidida a conseguir las entrevistas y yo sé que pueden beneficiarnos.

Luego siguieron hablando de negocios y Steven se dio cuenta de que un padre al que no conocía le había dado unos hermanos con los que tenía mucho en común. Teniendo en cuenta que siempre había estado solo en la vida, era inquietante ver que por fin tenía una familia.

Y no estaba seguro de que eso le gustase. No obstante, sabía que Geoff y Henry eran dos hombres trabajadores e innovadores, y que los tres juntos podrían llevar a la cumbre al Grupo Everest.

***

El despacho de Ainsley daba a la basílica de la catedral de San Pedro. Miró por la ventana y pensó en la noche que tenía por delante. Había llegado agotada de Nueva York y le alegraba estar de vuelta.

Sin saber cómo ni cuándo, en los tres últimos años Londres se había convertido en su casa.

Su secretaria, Cathy, estaba en la puerta cuando se giró.

—Pensé que te habrías marchado.

—Quería hablar antes contigo. Geoff Devonshire quiere verte antes de acceder a participar en las entrevistas.

—Bien –dijo Ainsley–. ¿Cuándo quiere que nos veamos?

—Está esperando fuera. Ha pasado por aquí y no ha aceptado un no por respuesta.

—¿Es encantador? –preguntó Ainsley.

—Y muy guapo –admitió Cathy–. Demasiado guapo, pero sé lo mucho que te importan esas entrevistas, por eso he permitido que se quedase.

—Bien hecho. Me alegro de haberte contratado.

—Yo también –dijo Cathy–. Lo haré pasar. ¿Quieres que os interrumpa cuando llevéis diez minutos?

Ainsley había quedado a cenar con Steven.

—Sí, por favor.

—De acuerdo. Te he dejado unos papeles para que me los firmes, si lo haces ahora, los procesaré mientras estás reunida.

78

–Te estás volviendo muy mandona, Cath.

–Es la única manera de mantenerte a raya –le contestó ella, saliendo por la puerta con una sonrisa.

Ainsley tomó la carpeta que Cathy le había dejado y firmó lo que tenía que firmar.

Entonces oyó que se abría la puerta y se levantó a saludar a Geoff Devonshire, que era alto y elegante, pero no se parecía mucho a Steven, salvo en los ojos y en la mandíbula.

–Hola, señor Devonshire. ¿O puedo llamarte Geoff?

–Por supuesto –respondió él, dándole la mano.

–Soy Ainsley. Siéntate, por favor. ¿Quieres algo de beber?

–No, gracias.

–Eso es todo por ahora, Cathy –le dijo Ainsley a su secretaria, dándole la carpeta con los documentos firmados.

Luego le dio la vuelta al escritorio y se sentó en su sillón, desde donde se sentía en una posición de poder. Aquélla era la única manera de negociar con hombres.

–¿En qué puedo ayudarte?

–Mi familia es muy reservada y, aunque accedí con Steven a hacer esas entrevistas, me preocupa el contenido de las preguntas.

Ainsley lo comprendió.

–Podríamos hacer una lista de temas prohibidos y que no se hiciesen preguntas al respecto.

–Eso me parece bien, pero también tendríamos que dar nuestra aprobación al artículo final.

–No estoy acostumbrada a trabajar así, Geoff. Nuestros artículos tratan de las personas que hay detrás de los personajes.

–Lo sé, pero ésa es mi condición. Os daré la suficiente información personal para que el artículo sea interesante.

Ainsley no lo tenía claro.

–Es una condición muy dura.

Él sonrió, poniéndose todavía más guapo.

–Lo sé, pero tienes que entenderlo, mi madre no quiere hablar de Malcolm, ni de las circunstancias de mi nacimiento.

Eso se había temido Ainsley.

–Quiero que nos dé esa entrevista, así que haré todo lo que sea necesario para conseguirlo –le dijo.

–Mi madre tampoco quiere aparecer en ninguna fotografía con las otras dos amantes de Malcolm.

–Haremos todo lo posible por mantener el artículo dentro de los parámetros que has mencionado –le aseguró Ainsley, ya que no tenía elección.

Geoff se marchó un par de minutos después. Y Cathy ya se había marchado cuando Ainsley se cambió de ropa en el cuarto de baño y bajó al vestíbulo a encontrarse con Steven.

Se preguntó si, al leer la entrevista a su madre, se enteraría de más cosas acerca de él. Y dudó si no se le habría ocurrido aquella idea porque en realidad quería saber más de aquel hombre que tanto la afectaba. Del hombre que la había cambiado. Quería saber por qué era como era, y la mejor manera de averiguarlo era hablando con su madre.

Aunque sólo habían pasado cinco días desde la última vez que habían estado juntos, al verlo en el recibidor le dio la sensación de que hacía mucho más que no lo veía. Steven apoyó la mano en su hombro y Ainsley tuvo la impresión de que, tal vez, él también la había echado de menos.

Capítulo Ocho

Ainsley seguía tan maravillosa como la recordaba. A Steven le fastidió un poco que la atracción que sentía por ella no hubiese perdido fuerza.

–Buenas noches –la saludó.

–Hola. ¿Qué tal estás? –le preguntó ella.

–Bien. Tengo una sorpresa para ti –respondió él.

Había pensado llevarla a lo más alto de la catedral, que era un lugar bonito y tranquilo, además de diferente.

En su opinión, San Pedro tenía una majestuosidad incomparable. A pesar de que era tarde, había hecho lo necesario para que les hiciesen una visita guiada a los dos solos.

–Me encantan las sorpresas –admitió Ainsley.

–No es verdad –le dijo él–. Te conozco lo suficiente para saber que te gusta tenerlo todo controlado.

–Cierto. Y lo mismo pienso yo de ti.

–Me lo han dicho muchas veces. No obstante, creo que esta sorpresa te va a gustar.

Ella no dijo nada más. Steven la agarró de la mano y la guió hacia la catedral.

Se había dejado el pelo suelto y la blusa negra con botones rojos que llevaba puesta acentuaba la curva de sus pechos. Se la había puesto con una falda roja que le llegaba a las pantorrillas, pero en el lado izquierdo tenía una abertura que permitía que Steven le viese un poco la pierna cada vez que daba un paso.

Él deseó llevársela a algún lugar oscuro y devorarla allí. Necesitaba volver a probar sus labios. Necesitaba sentir su cuerpo contra el de él. La necesitaba.

Él, que nunca necesitaba a nadie.

–¿Quieres que hablemos de las entrevistas? –le preguntó a Ainsley, para quitarse el tema de encima.

–Sí. ¿Por qué no me dijiste que a Geoff no le gustaba la idea?

–Porque no lo supe hasta que no hablé con él, pero va a hacerlo.

–Lo sé. Ha venido a verme hoy. Aunque tal vez su madre no quiera participar.

–Estoy seguro de que la historia será estupenda aunque no aparezca en ella la princesa Louisa.

Ainsley asintió.

Steven no conocía a las madres de sus hermanastros y, en el pasado, había sentido curiosidad. Pero en esos momentos sabía quién era y lo que quería conseguir. Y el pasado, pasado estaba.

Ainsley los ayudaría a hacer remontar el Grupo Everest y a él no le preocupaba lo más mínimo desearla y que lo que sentía por ella se viese afectado por el tema de las entrevistas. Iban a entrar a la catedral, y se dio cuenta de que estaría dispuesto a hacer lo que fuese necesario para mantener a Ainsley a su lado.

–¿Aquí venimos? –preguntó ella.

–Sí, nos van a hacer una visita de la zona superior.

–¿De verdad? Es algo que tenía muchas ganas de hacer, pero no he encontrado nunca el momento. Gracias, Steven.

Lo abrazó y luego fue a apartarse, pero él la sujetó por la cintura. Aquello era lo que Steven había querido. Necesitaba tener a aquella mujer entre sus brazos.

No le importaban sus secretos.

Ella se abrazó a su cuello y echó la cabeza hacia atrás. Sus miradas se encontraron y Steven sintió que algo pasaba entre ellas. Algo difícil de definir.

–¿Por qué no me has besado todavía? –le preguntó Ainsley.

Él no respondió, sólo bajó la cabeza y le mordisqueó el labio inferior.

Ella se agarró con fuerza a sus hombros e intentó acercarlo más a su cuerpo. Por eso había esperado Steven, para que saltasen chispas cuando lo hiciese.

La llama los consumió a ambos y él se dijo que tendría que controlarse si no quería hacerla suya allí mismo.

La abrazó con fuerza y sintió sus pechos en el de él, y apretó su erección contra ella.

La agarró del trasero y la sujetó así mientras le metía la lengua en la boca. El sol se estaba poniendo y hacía frío, pero lo único que sentía Steven era a la mujer que tenía entre los brazos.

***

Ainsley no pudo pensar en otra cosa que no fuese aquel beso durante el resto de la noche, en Steven y en lo mucho que deseaba estar a solas con él.

Él parecía haber controlado su atracción y escuchaba al guía que les estaba enseñando la catedral con atención. Ella también lo intentó, pero sin mucho éxito.

–¿Ainsley?

–¿Sí?

–Le estaba diciendo a nuestro guía lo mucho que nos ha gustado la visita.

–Ah, sí. Muchas gracias.

Steven le dio una propina y luego se marcharon. Al salir, había caído la noche y hacía frío.

–Se me ha olvidado el abrigo en el despacho –comentó Ainsley.

–Ya me había fijado. Pensaba que eras una estadounidense dura.

–Lo soy.

Ainsley no quería que Steven supiera que la había distraído. Aunque conseguir entrevistar a los tres herederos de Devonshire y a sus madres fuese un golpe maestro, en otras condiciones, ella habría delegado. Pero dado el interés que Maurice había expresado por la historia, no quería que se le escapase ningún detalle. Quería ser ella quien se encargase de todo, en especial, para tener una excusa para ver a Steven.

Él se quitó la chaqueta del traje y se la tendió.

Y Ainsley se giró para que se la pusiera sobre los hombros. Metió los brazos en las mangas y se sintió inmediatamente rodeada por el calor de su cuerpo y el olor de su aftershave. Fue una sensación cálida y agradable, y cuando se giró hacia Steven, tuvo la sensación de que él lo sabía, cosa que la puso nerviosa.

Él le tomó la mano y la guió de vuelta adonde tenía el coche aparcado.

–¿Nos vamos a cenar?

–Sí –respondió Ainsley.

Los sentimientos que tenía por Steven estaban empezando a abrumarla. Quería estar a solas con él. Quería quitarle la ropa y ver su cuerpo desnudo, pero también le daba mucho miedo ese momento. Le daba miedo que Steven se diese cuenta de quién era en realidad. Le daba miedo que la viese desnuda y la rechazase.

Aunque tal vez no mereciese la pena preocuparse. Tal vez Steven no quisiese hacerle el amor. La agarró de la mano y ella se dio cuenta de que tenía el puño cerrado.

–Relájate –le dijo él–. ¿En qué piensas?

Ainsley no podía decírselo. No podía decirle a aquel hombre que irradiaba sensualidad que tenía miedo de sí misma, pero lo miró a los ojos y se acordó de él la primera vez que la había besado.

Podía confiar en Steven.

–No estoy segura de ser como las mujeres a las que estás acostumbrado.

–¿A qué te refieres?

–No he tenido muchos amantes.

–¿Y eso te preocupa?

Ainsley se encogió de hombros.

–La verdad es que no, pero creo que estaría

bien tener más experiencia, sobre todo, porque tú pareces tenerla.

Él le sonrió y le acarició el rostro.

–No te preocupes por nada de eso. Tú y yo estamos en sintonía en lo que al deseo físico se refiere.

–¿Estás seguro? No soy quien tú piensas que soy –le dijo ella.

Steven arqueó una ceja.

–A no ser que seas un hombre, me parece que sí que eres quien creo que eres.

–No, no soy un hombre –le dijo ella, riendo con nerviosismo.

–Entonces, no hay ningún problema, ¿no?

Ella deseó poder tranquilizarse y sentirse segura de sí misma, pero, en su lugar, le estaba demostrando a Steven lo vulnerable que era. En parte sabía que eso era como darle cierta ventaja. Había oído decir que, en una relación, tenía el poder el que menos deseara al otro. Y si eso era cierto, ella era la que menos poder tenía en aquel caso.

Deseaba a Steven de un modo insoportable. Y eso la llevaba a hacer cosas que no había hecho nunca antes. Había salido a cenar a pesar de tener trabajo pendiente, a pesar de tener que dormir para poder estar fresca al día siguiente.

Pero cuando se sentó frente a él en un elegante restaurante, todo aquello ya no le importó. Charlaron acerca de libros y películas y le sorprendió darse cuenta de que tenían muchas cosas en común.

–¿Por qué me miras así? –le preguntó hacia el final de la cena.

—Me estoy preguntado cómo será, sentir tus labios en mi pecho —contestó él—. ¿Me besarás en él?

—Sí —le dijo ella.

La tensión y la pasión que subyacía a aquella pregunta volvió a despertar todos sus miedos. Una descarga eléctrica la recorrió. Se acercó a él sobre la mesa. Deseaba a aquel hombre y nada, ni siquiera sus propios miedos, impediría que lo tuviese.

Pensó que iba a pedir la cuenta para que pudiesen marcharse, pero, en su lugar, Steven tomó su mano por debajo de la mesa y se la puso en su muslo, fuerte y musculado. Y ella se lo acarició.

Steven le dio un trago a su café y siguió conteniéndose para no tocar a Ainsley. Era muy difícil, porque ella le estaba acariciando el muslo. Se había arriesgado al hacer que pusiese su mano allí, pero sabía que no era una mujer segura de sí misma.

Se preguntó cómo era posible que una mujer tan sexy e inteligente como Ainsley dudase de sí misma. No había querido pedir postre, pero Steven no había conocido nunca a una mujer a la que no le gustase el dulce, así que pidió para él una tarta de chocolate y le ofreció.

Ainsley lo rechazó, pero él no apartó el tenedor.

—Por favor, no insistas, Steven.

Él se llevó el tenedor a la boca.

—¿Por qué?

Ella apartó la mano de su pierna.

—Supongo que… va siendo hora de que te lo cuente. Antes estaba gorda.

Steven pensó que todas las mujeres se obsesionaban con el peso, pero aquélla era perfecta. Guapa, curvilínea, como debía ser una mujer.

–Me cuesta creerlo.

–Pues es la verdad. Los hombres no solían fijarse en mí.

Él siguió sin creerla.

–Tal vez tú pensases que no se fijaban en ti, pero seguro que te equivocabas.

–No.

–Entonces, es que todos los hombres eran tontos, porque yo jamás me habría olvidado de ti –le dijo Steven.

–Lo hiciste –respondió ella–. Te entrevisté hace cinco años, y no te acuerdas de mí.

Steven intentó recordar... a la chica con los ojos violetas. Recordó a una chica gorda, pero, sobre todo, invisible.

–Ahora me acuerdo. ¿No eras A.J. por entonces? Cuando la entrevista terminó, fuiste muy tímida. Era casi como si quisieses desaparecer.

Ainsley se ruborizó.

–Es verdad, pero no te acordabas de mí, ¿verdad?

–Pero no por el tamaño de tu cuerpo –le dijo él–, sino porque querías pasar desapercibida. Has cambiado. Y no me refiero sólo al peso. Creo que tiene más que ver con tu personalidad.

Ella le dio un sorbo a su café y luego cruzó las manos sobre la mesa.

–Así es como lo ve un hombre.

–Cualquiera lo vería así –argumentó él–. Intentabas ser invisible. Tal vez te sintieses más cómoda así, pero yo me siento atraído por la mujer que eres ahora, independientemente de su talla.

Ainsley parpadeó, apartó la mirada.

–Ahora, quiero que pruebes mi postre. Está delicioso.

–No puedo, Steven. Si lo pruebo, me comeré el trozo entero. No tienes ni idea de la lucha que supone para mí no comer más de la cuenta.

–Confía en mí –le pidió él.

Ella lo miró y Steven sintió que aquella conversación iba mucho más allá del postre. Aquello iba a cambiar el curso de su relación. O Ainsley confiaba en él y lo suyo seguía adelante, o no confiaba en él y, entonces, Steven se acostaría con ella y después no volvería a verlo.

No estaba seguro de qué opción prefería. Porque si Ainsley empezaba a confiar en él, se vería obligado a merecer su confianza, algo de lo que no sabía si era capaz. Llevaba demasiado tiempo muerto por dentro. Se había acostumbrado a las aventuras de una noche y a las relaciones cortas.

Entonces vio cómo Ainsley se inclinaba hacia el tenedor muy despacio y supo que las cosas estaban cambiando. No sólo para ella, sino también para él.

Ainsley era la primera mujer a la que había deseado físicamente que lo había tentado desde el punto de vista emocional. Y eso lo asustaba. Steven siempre había estado solo y no quería depender de una mujer cuya carrera era tan importante.

Ella se metió el tenedor en la boca y cerró los ojos. Saboreó la tarta como él quería saborearla a ella. Y lo haría.

Si confiaba en él, intentaría no defraudarla. Aunque se conocía lo suficientemente bien como para saber que, al final, la abandonaría.

Lo había hecho durante casi toda su vida con todas sus relaciones, aunque, por primera vez, no quería que eso ocurriese. Quería ser un hombre al que Ainsley pudiese admirar siempre.

—Gracias —le dijo ella—. Está deliciosa.

—De nada —le respondió, dejando el tenedor y pidiendo la cuenta.

No se había dado cuenta de que, al jugar con ella y seducirla despacio, intentando encontrar sus puntos débiles, también había encontrado los suyos propios.

Ainsley, con sus grandes ojos violetas y sus carnosos labios, la había atraído hasta su red. Y una parte de él estaba contento de estar allí, pero otra sabía que la debilidad tenía mucho que ver con la dependencia emocional.

Y sabía que el deseo que sentía por Ainsley podía costarle la competición con Henry y con Geoff. Y, tal vez, el éxito de las tiendas del Grupo Everest.

Ainsley era peligrosa.

Aunque pareciese mentira al mirarla, allí sentada, frente a él. Le hacía desear cosas que no tenían nada que ver con el trabajo. Le hacía desear estar sentado en casa por la noche, frente a la chimenea, con ella hecha un ovillo a su lado.

Le hacía desear hablar del futuro con ella y, tal vez, de tener hijos. Y eso le daba mucho miedo. Ser padre no era compatible con tener éxito.

Capítulo Nueve

Cuando Steven detuvo su coche delante de la casa de Ainsley, ésta tuvo una extraña sensación de *déjà vu*. Estaba confundida y preocupada con qué hacer o decir. Por primera vez en mucho tiempo, sentía que había perdido el control. Deseaba a Steven y ese deseo se estaba apropiando de una parte de ella.

Quería ser inteligente y encantadora, como Rosalind Russell en *Luna nueva*, pero le daba miedo abrir la boca y parecer todavía más insegura y torpe.

—¿No habíamos estado ya aquí? —le preguntó.

—Eso creo —contestó él.

Apagó el motor y se giró a mirarla. La luz de la farola dejaba parte del rostro de Steven entre las sombras y Ainsley pensó que era un misterio para ella.

A pesar de las averiguaciones que había hecho acerca de él, no conseguía entender cómo funcionaba.

—Invítame a entrar —le dijo Steven.

Ella había pretendido hacerlo, pero ¿por qué todo lo que le decía él sonaba a orden?

—¿Por qué eres tan mandón?

—Porque los hombres que no lo son, no consiguen lo que quieren.

—¿Y tú qué quieres?

—¿De verdad no lo sabes?

Ainsley sabía lo que quería, pero si se lo decía en voz alta parecería demasiado real y no estaba segura de querer hacerlo.

–Entrar en mi casa.

–Exacto.

–¿Y tomar una copa?

–¿La tomarás tú?

Ella se echó a reír.

–Creo que la necesito. Me tienes hecha un lío.

–¿De verdad? Eso es bueno.

–¿Por qué?

–Porque lo mismo me ocurre a mí –le dijo, alargando la mano para acariciarle el rostro.

–Ah.

–¿Ah? –repitió Steven, inclinándose hacia ella–. Tienes una boca muy apetecible.

Y la besó con cuidado. Fue un beso suave y seductor. Lento. Steven la besó como si tuviesen todo el tiempo del mundo, y tal vez fuese así. Tenían toda la noche.

Después retrocedió, abrió la puerta del coche y dio la vuelta a éste para abrir la de ella, que le dio la mano y salió. Luego anduvo delante de él hasta su casa. En esa ocasión no se le cayeron las llaves. No estaba nerviosa.

Una extraña calma la había invadido cuando Steven la había besado. Steven era mucho más que su obsesión, era un hombre al que había conocido un poco mejor durante la última semana.

Ainsley abrió la puerta de su casa y entró. Las luces del salón estaban encendidas e iluminaban tenuemente la entrada. Steven entró también y cerró la puerta tras de él. Ella se contuvo para no quitarse los zapatos de una patada y lo guió por el pasillo.

—¿Qué quieres tomar? —le preguntó.

—A ti.

La tomó entre sus brazos y ella se abrazó a su cintura y apoyó la cabeza en su pecho. Sospechó que Steven querría algo más que aquel abrazo, pero en esos momentos, era lo único que podía darle. Se consoló con la sensación de tener su pecho rozándole la mejilla, con la sensación de tenerlo abrazado, con el olor de su cuerpo.

Estaba cansada de negarse a sí misma todo lo que quería. Una cosa era resistirse a un postre y otra muy distinta no aprovechar la oportunidad de estar con Steven. Había soñado con él todas las noches desde que habían salido juntos por primera vez.

Él le acarició la espalda con cuidado. Eso la reconfortó al principio y luego la caricia se tornó en un gesto más seductor. Steven fue bajando las manos cada vez más.

Ainsley inclinó la cabeza hacia la izquierda y él la besó primero en la frente y luego por la mejilla. Fueron besos tan suaves que pensó que se los estaba imaginando.

Entonces llegó a la oreja. Se la recorrió con la lengua y ella se estremeció y notó cómo se excitaba cada vez más. Se le endurecieron los pezones y se le hincharon los pechos.

—¿Te acuerdas de cuando te besé al lado de mi coche? —le susurró él al oído, haciendo que se estremeciese.

—Sí.

–Pues voy a volver a besarte así, pero esta vez no voy a parar hasta que no esté completamente dentro de ti.

Ainsley sintió un calor húmedo entre las piernas. Se giró y lo miró a los ojos.

–Sí, Steven. Quiero que lo hagas. Quiero todo lo que puedas darme.

Ainsley se dio cuenta de que él no podía hacerle promesas. Por eso confiaba en él, porque no le hacía promesas que no iba a poder cumplir.

Esa noche sólo quería estar entre sus brazos. No necesitaba pensar en el futuro. Nunca había sido de las que pensaban a largo plazo. Y había cambiado de aspecto, pero no por dentro.

–¿Quieres una copa? –le preguntó, sin saber cómo proceder.

–No –respondió Steven–. Sólo te quiero a ti, aunque si crees que una copa va a ayudar a que te relajes, me tomaré también una.

Ainsley dudó. Deseaba poder agarrarlo de la mano y llevárselo a su dormitorio, pero necesitaba beber algo antes. Se apartó de él.

–¿Te parece bien vino?

–Sí.

Lo dejó en el salón y fue a la cocina a por la botella de vino que había puesto a enfriar. Esperaba que a Steven le gustase el sabor seco del pinot grigio.

Lo oyó andar por el salón y pronto empezó a sonar Otis Redding. Era su favorito y le sorprendió que Steven lo escogiese. En cualquier caso, la música la relajó un poco más.

Sirvió dos copas de vino y respiró hondo antes

de volver al salón. Aquello le habría resultado mucho más sencillo si Steven Devonshire hubiese sido sólo otro hombre. Y no *el* hombre. «Dios mío», pensó. Deseaba a aquel hombre más que a ningún otro. Y eso hacía que le pareciese tan importante. Un primer beso no volvía a repetirse nunca, y por eso el suyo había sido tan memorable. Y lo mismo ocurría con hacer el amor. Ainsley quería que fuese igual de perfecto.

Steven sabía que podía conseguir que Ainsley dejase de sentir vergüenza besándola hasta que perdiese el sentido, pero quería que ella también estuviese allí, que estuviese cómoda consigo misma.

Se aflojó la corbata y se desabrochó el primer botón de la camisa. Luego atravesó el salón para acercarse al equipo de música. Al lado, en un armario, estaban los CDs, colocados por orden alfabético. Ainsley tenía una colección muy ecléctica, con muchos discos antiguos y de blues. Otis Redding, Ray Charles, Marvin Gaye y algunos cantantes clásicos italoamericanos como Louis Prima, Frank Sinatra y Dean Martin.

También tenía a Coldplay y a Green Day. Y algunos artistas más nuevos a los que él no conocía. Al ver su colección de música, se dio cuenta de que sabía muy poco ella. Ainsley no era una mujer fácil de conocer. Steven puso un CD de Otis Redding, apagó la luz del techo y encendió una que había encima de una mesita auxiliar.

La luz más tenue creó el ambiente íntimo que él

quería tener. Pensó en todo lo que sabía acerca de Ainsley, en que había estado gorda y que eso la había definido casi por completo. Había pensado mucho en la mujer que lo había entrevistado cinco años antes. Y le había dicho la verdad al comentar que le había parecido una mujer invisible, pero también había empezado a preguntarse si él no habría hecho algo para contribuir a ello. ¿La había ignorado sencillamente porque no estaba delgada?

No podía cambiar el pasado, pero tenía previsto hacerle ver que, en esos momentos, la deseaba. Ainsley no tendría dudas de que la quería a ella y a su cuerpo. Steven haría todo lo que estuviese en su mano para asegurarse de que se perdiera entre sus brazos, para que no tuviese tiempo de pensar en su pasado ni en ninguno de sus imaginarios defectos.

Ainsley volvió al salón y dudó en la puerta. Llevaba dos copas de vino en las manos y su expresión era una mezcla de bravuconería y deseo. Estaba claro que lo deseaba, probablemente, tanto como él a ella, aunque a Steven le costase creerlo. No podía desearlo tanto como la deseaba él a ella.

Se acercó adonde estaba y tomó una de las copas de vino.

–Espero que te guste el vino blanco –le dijo Ainsley.

–Me gusta –respondió él.

Luego le puso la mano en la espalda y la hizo entrar al salón. Ella se apoyó con cuidado en el confidente, con las piernas cruzadas con recato, y Steven volvió a sentirse como si estuviera en casa de su tía Lucy.

Le dio la mano a Ainsley e hizo que se levantase. Tal vez no fuese buen bailarín, pero podía balancearse bastante bien y estaba seguro de poder conseguir que Ainsley se relajase si ponía los brazos alrededor de ella.

–Por una maravillosa velada –dijo, levantando su copa.

Ainsley hizo lo propio y luego dio un sorbo. Él bebió la mitad de su vino y luego dejó la copa en la mesita auxiliar. Tomó la de ella y la puso al lado. Luego la abrazó por la espalda, haciendo que apoyase ésta en su pecho.

Inclinó la cabeza hacia su oído y le susurró cosas bonitas. Tenía una mano apoyada en su pecho derecho y la otra, en su abdomen.

Se balanceó hacia delante y hacia atrás al ritmo de la música y notó cómo Ainsley se iba relajando contra su cuerpo. La besó en el cuello y luego le clavó los dientes con suavidad.

Ella se sobresaltó y frotó las caderas contra su erección. Steven se excitó todavía más y se le aceleró el pulso. Todos sus instintos le decían que se diese más prisa.

Pero a lo largo del tiempo, Steven había aprendido que disfrutaba más de los orgasmos si los hacía esperar. Continuó balanceándose con ella y encontró los botones de su blusa con la mano izquierda. Se los desabrochó muy despacio y le dejó la blusa metida por dentro de la falda.

Ainsley tenía la piel blanca y suave. Tan suave, que no podía dejar de acariciarla. Trazó un camino desde su vientre hasta el sujetador y pasó un dedo por su aro. Luego subió la mano hasta el borde de encaje, donde empezaba la cremosa piel de sus pechos. Metió el dedo índice por debajo de la tela y la acarició con cuidado.

Ainsley giró los hombros. Era evidente que deseaba que le acariciase los pechos, pero Steven todavía no estaba preparado para hacerlo.

Le mordisqueó una oreja y siguió sólo con un dedo metido por debajo del sujetador. Luego movió éste hasta llegar al pezón y notó que Ainsley se sacudía entre sus brazos. Apretó las caderas contra él y lo agarró por la muñeca.

–Quiero verte –le dijo, intentando girarse.

–Todavía no –contestó él.

–¿Cuándo?

–Cuando seas una esclava del amor.

Ainsley giró la cabeza y lo miró a los ojos. Al girarse, el dedo de Steven volvió a rozarle el pezón y ella se estremeció de nuevo.

–Ya lo soy –le aseguró.

–Todavía vas a serlo más.

Y después de decirle aquello, Steven le pellizcó el pezón mientras observaba su expresión, para estar seguro de que no apretaba demasiado. A ella le gustó. Se mordió el labio inferior y volvió a apretar las caderas contra él.

Steven buscó la cremallera de su falda y se la bajó. La falda se escurrió por sus caderas y cayó al suelo. Él bajó la vista un segundo y vio que llevaba las braguitas a juego con el sujetador, pero encima de ellas tenía un liguero que le sujetaba las medias. Steven dio un paso atrás y le quitó la blusa.

Luego se puso delante de ella. Era la mujer con la que cualquier hombre habría soñado. Una mujer muy sexy. Y al verla allí en ropa interior y con los tacones puestos, Steven se dijo que era ridículo intentar seducirla lentamente. Sólo deseaba arrancarle las braguitas y hacerla suya. Porque le pertenecía.

No era un hombre posesivo por naturaleza, pero deseaba a Ainsley y quería que fuese toda suya.

Ainsley estaba que ardía. Cuando por fin tuvo a Steven delante, le sorprendió verlo todavía vestido. No obstante, no se sintió vulnerable, como había pensado que le ocurriría, porque vio deseo en su mirada. Steven la deseaba y no podía dejar de mirarla.

El bulto de su erección también hizo que se sintiese femenina y sexy. Como una mujer que tenía poder sobre su hombre. Y por esa noche Steven era *su* hombre. Empezó a quitarle la ropa, pero él levantó un dedo.

–Todavía no.

–¿Por qué? –preguntó ella.

–Porque todavía no he terminado de mirarte.

Un escalofrío de miedo la recorrió, pero pronto se le pasó y puso los brazos en jarras.

–Tómate tu tiempo –le dijo.

–Voy a hacerlo –respondió él–. No puedo creer que seas mía.

–¿Soy tuya? –inquirió Ainsley.

Era la primera vez que un hombre le decía aquello. Había tenido un amante antes de Steven, con poco más de veinte años, en esos momentos, tenía treinta. El sexo no había estado mal, pero sabía que Steven era el tipo de hombre que la haría disfrutar. Con él, la experiencia sería mejor. Y Ainsley sabía que, después de aquello, ya no podría volver a verlo del mismo modo.

–Sí.

Steven apoyó las manos en sus hombros e inclinó la cabeza para besarla. Fue el mismo beso que le había dado al lado de su coche la primera noche, pero, a la vez, un beso un millón de veces más intenso.

Ainsley alargó las manos y le quitó la corbata, dejándola caer al suelo. Entonces empezó a desabrocharle la camisa y le arañó el pecho con las uñas.

Él se estremeció y retrocedió.

–Hazlo otra vez –le pidió.

Y ella lo hizo, le arañó la piel, bajando hasta la cintura. Luego le intentó quitar la camisa, pero se dio cuenta de que todavía llevaba los gemelos puestos. Lo tenía casi inmovilizado y no podía tocarla.

–Ahora tú eres mi esclavo –le dijo–. Un esclavo muy guapo.

Lo rodeó y se colocó a su espalda, como había hecho él un poco antes. Lo acarició desde los hombros al centro de la espalda y luego le agarró el trasero. Puso un brazo alrededor de su pecho e hizo que se apoyase en ella. Con el otro brazo lo agarró por la cintura, entonces se puso de puntillas y le mordisqueó la nuca con cuidado.

Le bajó la cremallera de los pantalones y metió la mano por debajo de su ropa interior para acariciarlo. Tomó su erección con la mano y sonrió para sí misma al notar que temblaba.

Estaba haciendo lo mismo que le había hecho él. Le desabrochó el cinturón y se lo quitó.

Luego volvió a meter la mano por debajo de sus pantalones y volvió a acariciarle la erección. Steven se giró entre sus brazos, haciendo que perdiese el equilibrio, pero la sujetó y la llevó hacia el confidente. Se bajó los pantalones y los calzoncillos y luego se quitó los gemelos para poder deshacerse también de la camisa.

Se quedó delante de ella, todo un Adonis de cuerpo perfecto, con la erección sobresaliendo de su cuerpo, y Ainsley sintió todavía más deseo al darse cuenta de cómo era capaz de excitarlo.

–Quítate las braguitas –le dijo Steven en voz baja.

Ella dudó un segundo antes de quitarse los zapatos. Empezó a desabrocharse el liguero, pero él la detuvo.

–Eso déjatelo.

–De acuerdo –le contestó, empezando a bajarse las braguitas.

–Gírate.

–¿Por qué?

–Porque me encanta tu trasero –le dijo Steven, que quería verla desde atrás cuando se inclinase.

Ainsley hizo lo que le pedía y nada más inclinarse, notó que él le acariciaba la espalda y le recorría la espina dorsal con las uñas.

Ella se quitó las braguitas y se incorporó.

–Quédate así –le pidió Steven, empujando su espalda para que volviese a inclinarse.

Sin saber qué era exactamente lo que quería, Ainsley obedeció.

–¿Te tomas la píldora?

–No, lo siento, no había pensado en la protección –admitió, intentando girarse.

–No te preocupes, cariño, ya lo he hecho yo.

Steven buscó sus pantalones y sacó un preservativo del bolsillo. Ainsley oyó cómo lo abría y poco después notó la punta de su erección en su trasero. Él la sujetó por las caderas y se inclinó hacia delante para apoyar el pecho en su espalda. Luego la abrazó y la penetró con cuidado.

Metió y sacó la punta de su erección hasta que Ainsley pensó que iba a morirse, de tanto que lo deseaba.

Steven bajó la mano hasta su sexo y se lo acarició hasta que ella sintió que iba a llegar al clímax. No podía dejar de mover las caderas. No podía dejar de intentar que Steven la penetrase todavía más.

–Steven, hazme tuya.

–Sí, señora –dijo él, mordisqueándole la nuca y penetrándola más.

Ella llegó al orgasmo y tembló.

Steven siguió moviéndose en su interior, haciendo que alcanzase el clímax por segunda vez, y por tercera poco después, al mismo tiempo que él.

Luego se dejó caer sobre el sofá y la abrazó mientras ambos se recuperaban. Ainsley se hizo un ovillo a su lado, jamás se había sentido tan vulnerable. Por primera vez, la chica que había pensado que jamás encontraría a un hombre que la amase, quería a aquél.

Capítulo Diez

Ainsley se despertó a las dos de la madrugada y supo que no estaba sola. Se sentó bruscamente en la cama, llevándose la sábana con ella.

–¿Cariño?

–¿Steven?

–¿Quién si no?

–No lo sé –respondió ella, sintiéndose muy tonta.

Era la primera vez que compartía la cama con alguien.

Steven le acarició la espalda y luego la abrazó. Su cuerpo estaba caliente y la cabeza de Ainsley encajó a la perfección en su hombro. Intentó volver a dormirse, pero no era fácil.

Demasiado difícil, encontrar el modo de dormir con aquel hombre...

–¿En qué piensas? –quiso saber él.

–En que nunca había dormido con nadie –respondió Ainsley.

Había sido hija única y nunca le había dado miedo la oscuridad, además, sus padres nunca la habían dejado meterse en su cama.

–¿Nunca? ¿Ni siquiera de niña?

–No. Mis padres pensaban que los niños tenían que estar en su cama. Yo tampoco era demasiado sociable y no iba nunca a dormir a casa de amigos.

Ya había estado regordeta de niña, pero, sobre todo, le había gustado estar sola. No se relacionaba bien con los demás. Le interesaba más el mundo que creaba en su propia cabeza. Un mundo en el que podía ser una princesa y gustar a todos.

Hacía años que no pensaba en aquello, en aquella época tan dolorosa de su niñez.

–¿Así que soy el primero? –preguntó Steven.

Lo era en muchos aspectos. El primer hombre con el que había hecho el amor, no un chico con el que había tenido sexo. Ainsley levantó la cabeza, pero la habitación estaba a oscuras. Deseó poder ver mejor la expresión de Steven.

–¿Te parece algo bueno?

Él se encogió de hombros y no dijo nada. ¿Qué significaba aquello para él? ¿Y para ella? Ainsley sabía que no debía tomar una decisión en mitad de la noche, pero una parte de ella deseaba hacerlo. Quería saber qué pensaba Steven para que no le hiciese daño, pero en cierto modo se temía que ya fuese demasiado tarde para eso.

Ya se estaba enamorando de él.

No se lo iba a preguntar, pero quería saberlo. Quería saber si era para él algo más que una aventura de una noche, o de más de una noche.

No sabía cómo interpretar su comportamiento.

–¿Estás dormido? –le preguntó en un susurro.

–¿Mientras me acaricias el ombligo? No, no estoy dormido.

Ainsley no se había dado cuenta de que lo había estado acariciando. Dejó de mover la mano sobre su estómago.

–No pares. Me gusta.

Ella volvió a acariciarlo y se dio cuenta de que Steven le estaba acariciando el brazo. No era un contacto sexual. Eran sólo dos personas reconfortándose la una a la otra, pensó.

–Yo tampoco he dormido con muchas personas. Suelo irme siempre a mi casa.

–¿De verdad? ¿Por qué?

–Porque no me gustan las mañanas siguientes. Siempre es incómodo.

Ainsley pensó que no le gustaba quedarse a dormir porque para Steven el sexo estaba bien, pero las relaciones le desagradaban.

–¿Incómodo?

–Normalmente tengo que trabajar y me tengo que marchar muy temprano y... no vas a querer oír esto.

Sí, Ainsley quería oírlo. No quería conocer los detalles de sus relaciones anteriores, pero quería saber por qué se marchaba.

–El trabajo no es el motivo por el que te vas –le dijo–. Te marchas porque no quieres quedarte.

Él dejó de acariciarle el brazo y Ainsley se preguntó si habría hablado más de la cuenta. Aun así, no le importó. Aquella relación con Steven era algo completamente nuevo para ella. No iba a intentar protegerse, ni a tener cuidado. Si Steven no quería volver a estar con ella después de que se hubiese acostado, quería saberlo cuanto antes.

–Creo que tienes razón, aunque nunca le he dado muchas vueltas. Sólo me levantaba y me marchaba. Mi trabajo es mi vida...

–Y ninguna mujer puede competir con eso –terminó Ainsley.

–Eso es.

Ella se quedó tumbada a su lado, sabiendo que iba a hacerle la siguiente pregunta, debiese hacerlo o no.

–¿Y conmigo?

Él se giró a mirarla. La abrazó y la apretó contra su cuerpo.

–No tengo ni idea. No eres como las demás.

Eso no la tranquilizó lo más mínimo, sino que le causó todavía más dudas acerca de si debía estar con Steven. No era fácil acercarse a él. Cada vez que daba un paso en su dirección, él hacía que guardase las distancias.

Ainsley quería hacerle más preguntas, pero tenía la sensación de que Steven no le contaría nada más. Cerró los ojos y disfrutó de la sensación de tenerlo tan cerca. Lo abrazó por la cintura y metió la cabeza debajo de su barbilla.

Y permanecieron así hasta que el sueño los venció a ambos. Ainsley intentó que no le importase demasiado que Steven la estuviese abrazando con tanta fuerza como ella a él.

Steven se despertó cuando el sol entraba ya a través de las vaporosas cortinas. Ainsley estaba hecha un ovillo a su lado. Él salió de la cama para ir al baño y vio su ropa donde la había dejado, en la silla que había en el rincón.

Estuvo a punto de ir a por ella para vestirse. Podía marcharse. Nada lo retenía allí. Pero al ver a Ainsley dormida en la cama, con la mano apoyada donde había estado él, supo que no podía hacerlo.

No quería que se despertase sola. Tenía la sensación, por lo que le había dicho la noche anterior, de que llevaba una vida muy solitaria.

Supo que le importaba y se maldijo. No quería complicaciones emocionales. ¿Cómo le había podido ocurrir aquello? Ainsley no debía haberle tocado la fibra sensible, pero lo había hecho.

Y ése era el problema.

—¿Steven?

Ainsley lo llamó y se sentó con la cama. Llevaba puesto un bonito camisón de flores y estaba despeinada. Su mirada era somnolienta. Steven se había enterado la noche anterior de que llevaba lentillas.

Vio que buscaba las gafas que había dejado en la mesita de noche.

—Estoy aquí.

—¿Te marchas? —le preguntó ella.

—¿Quieres que lo haga? —preguntó él.

Todo sería más sencillo si ella le decía que sí. Se marcharía y no olvidaría jamás los momentos que había pasado con ella.

—Me gustaría que volvieses a la cama.

Él sonrió. Se acercó a la cama y se sentó a su lado.

—¿Ya estás contenta?

—Sí —respondió ella, mirándolo con los ojos entrecerrados.

—Ponte las gafas.

—No. No son nada atractivas. Iré a ponerme las lentillas.

–No tienes por qué hacerlo –le aseguró Steven.

Tomó las gafas y se las dio. Ainsley dudó antes de ponérselas.

–Ah, ahí estás –dijo en tono desenfadado.

–Aquí estoy –respondió él, inclinándose a darle un beso–. Buenos días.

–Buenos días.

–¿Por qué no querías ponerte las gafas?

–Porque… forman parte de mi viejo yo. No de esta persona nueva que a ti te resulta atractiva.

Él se cruzó de brazos.

–Entonces, ¿quién es la verdadera Ainsley? La sensual seductora de anoche, o la mujer tímida de esta mañana.

Ella se mordió el labio inferior.

–No lo sé. Yo diría que ésta soy yo, pero anoche también me sentí cómoda en mi cuerpo por primera vez. No me refiero sólo a cuando perdí peso, sino a toda mi vida. Nunca me he sentido bien en mi piel. Anoche, entre tus brazos, me encontré a mí misma.

Sacudió la cabeza.

–Parezco una tarada.

Él se echó a reír, pero en el fondo supo que estar con él no era una decisión fácil para Ainsley.

Y lo último que quería era hacerle daño. Debía tener cuidado si no quería perder su corazón ni dejar que las emociones lo superasen. Y el único modo de protegerse a sí mismo era manteniendo las distancias con ella.

Quería volver a la cama con Ainsley, pero no estaba seguro de que fuese lo más sensato. Sólo se había llevado dos preservativos e iba a necesitar una caja entera para continuar con lo que había empezado. Dos veces no eran suficientes para saciarse de ella.

Ainsley estaba encontrándose a sí misma como mujer en sus brazos y él había notado ese cambio. Se vestía como una mujer segura, que conocía el poder de su sexualidad, pero hasta la noche anterior no lo había conocido en realidad.

–He quedado con Henry y con Geoff dentro de una hora –le dijo.

–Y yo llegaré tarde si no salgo de aquí en diez minutos. Freddie me va a tomar el pelo durante el resto de mi vida cuando se entere de esto.

–¿Qué tiene que decir él al respecto? Pensé que trabajaba para ti.

–Sí, pero también es uno de mis mejores amigos.

–¿Eres amiga de un hombre?

Ainsley se echó a reír y le dio un suave golpe en el brazo.

–Sí. ¿Tú no tienes amigas?

No las tenía. Bueno, tal vez Dinah lo fuese en cierto modo, aunque era más bien una empleada.

–No. Y tú tampoco vas a necesitar ningún amigo hombre mientras estés conmigo. Yo te proporcionaré toda la testosterona que necesites.

–Steven, soy una mujer independiente y no voy a permitir que me digas de quién puedo ser amiga. No voy a acostarme con nadie, pero voy a seguir siendo amiga de Freddie.

–Vale.

Aquél era el motivo por el que Steven evitaba

tener relaciones. Porque siempre le daba miedo perder lo que más quería. Y odiaba admitir que tal vez necesitase de Ainsley algo más que sexo, pero ella era diferente. Y a él no le gustaba nada aquella sensación, de necesitar ser el único hombre de su vida. Era una locura.

Ainsley lo miró con sus grandes ojos violetas y Steven se temió que fuese a complicarle la vida. Que ésta le hubiese cambiado tanto la noche anterior.

No quería que nadie lo trastornase, así que se marchó de allí un par de minutos después, dejando a Ainsley en la ducha. No era un hombre posesivo ni celoso, pero ella despertaba esas emociones en él. ¿Por qué?

Mientras conducía de camino al trabajo, tuvo dudas. ¿Por qué lo estaba afectando tanto Ainsley? Siempre había sido capaz de poner a las mujeres en su sitio, pero aquélla estaba jugando con su cabeza y Steven estaba empezando a temer por su corazón.

Sabía que no podía insistir en que no tuviese amigos, y jamás se lo había prohibido a ninguna de sus novias. ¿Por qué a ella sí? ¿Qué hacía que fuese tan diferente?

Para un hombre acostumbrado a tener siempre la respuesta, aquella situación era muy inquietante. Hasta que no supiese por qué Ainsley le afectaba tanto, tendría que mantener las distancias con ella. No quería acabar teniendo una vida personal tan complicada como la de Malcolm Devonshire.

***

Ainsley no podía contarle a Freddie lo que había sucedido la noche anterior, por mucho que éste le preguntase. Steven se había marchado mientras ella estaba en la ducha. Y, a pesar de saber que tenía una reunión esa mañana, había esperado que se despidiese de ella. Sabía que tenía cosas de hacer, en vez de quedarse en su casa, esperándola, pero marcharse sin decir adiós... Bueno, que ella sabía que había huido.

No debía haberle importado, pero lo había hecho. Se había arriesgado mucho la noche anterior, acostándose con él, y la recompensa había sido mucho mejor de lo esperado. Jamás había tenido un orgasmo así, ni tantos. Además, nunca se había sentido tan atractiva para el sexo contrario como entre sus brazos.

Pero tampoco la habían decepcionado nunca tanto como cuando había salido de la ducha y se había dado cuenta de que Steven se había marchado.

Había sido un cobarde.

Cuando la reunión terminó, Ainsley se levantó y salió de la sala. Freddie la siguió de cerca.

−Espera, jefa. Tenemos que hablar.

Ella negó con la cabeza.

−No, no pienso permitir que te salgas con la tuya. Llevamos demasiado tiempo siendo amigos como para que me ocultes cosas −continuó él.

Ainsley lo miró fijamente, su expresión era sincera.

−Todavía no puedo hablar de ello. Si quieres, podemos salir a tomar algo algún día de esta semana y te lo contaré.

–¿Estás segura?

Ainsley asintió.

–Segurísima. Tengo que dirigir una revista. No puedo permitir que esto me afecte.

–¿Qué ha pasado?

–Nada –respondió ella, consciente de que le estaba dando al tema más importancia de la que tenía, pero había permitido que Steven viese su lado más vulnerable y él se había marchado sin despedirse.

–Vale. Saldremos el viernes.

–Me parece bien. Ahora, ponte a trabajar.

Él le dio un abrazo y luego se marchó. Ainsley necesitó irse a su despacho.

Cathy le había dejado un montón de mensajes y tenía que firmar varias pruebas de negativos, pero sólo podía pensar en la noche anterior. Hizo girar el sillón para mirar por la ventana, pero la espectacular vista no la tranquilizó.

La catedral de San Pedro le recordaba a Steven.

Volvió a girarse hacia el escritorio, abrió su correo electrónico y se lo estuvo pensando un minuto antes de empezar a escribir a Steven:

¿Ha habido alguna emergencia esta mañana? Marcharse sin decir adiós es de cobardes. Pensé que no eras de ese tipo de hombres.

Y le dio a la tecla de Enviar antes de seguir dejándose llevar por la ira e insultarlo. Veinte minutos más tarde sonó su teléfono móvil.

Miró la pantalla y vio que se trataba de Steven.

113

No quería hablar con él, pero si lo evitaba, ella también sería una cobarde.

–Ainsley al habla –contestó.

–Siento lo de esta mañana. Tuve la sensación de que las paredes se estrechaban a mi alrededor y tuve que salir de allí. No ha sido por ti –le dijo él–, sino por mí.

–¿Qué significa eso de que las paredes se estaban estrechando?

Él guardó silencio durante un largo minuto.

–Quería quedarme. Quería ducharme contigo y hacerte el amor, y al diablo con las consecuencias. Y yo no soy así.

Ella se ruborizó al oír aquello. Se dio cuenta de que Steven la deseaba tanto como ella a él.

Sus miedos eran similares. Ambos estaban tan acostumbrados a salirse con la suya que estar juntos les parecía un reto inmenso. Un reto que tal vez fuese demasiado para los dos.

–Yo me siento igual, Steven, pero, en el fondo, creo que merece la pena que me arriesgue. Por eso te he escrito el mensaje. Si yo no te merezco la pena, dímelo y terminaremos con esto ahora mismo.

–¿Y si pienso que sí me la mereces? –le preguntó él.

–Entonces, encontraremos un modo de hacer que esta relación funcione para ambos.

–¿Relación?

–Sí, no quiero ser otra más de tus amantes. Me respeto demasiado para tener algo con un hombre como tú, a no ser que sea algo más que sexo.

–¿Un hombre como yo?

Ainsley se dio cuenta de que había hablado demasiado. Steven era el tipo de hombre del que podía enamorarse y no quería confesárselo.

Pero luego se dio cuenta de que, si quería ganar, tendría que arriesgar.

–Podría enamorarme de ti.

–Ainsley…

–No digas nada más. Sé que no eres de los que se enamoran, pero yo sí. Si no estás buscando al menos una relación sólida, tendré que terminar con esto ahora.

–No quiero hacerte daño, pero tengo que decirte que no soy… Nunca he sido un hombre de los que se comprometen para toda la vida. Aunque tampoco estoy preparado para dejarte marchar.

–¿Se trata de mí o de cualquier mujer?

–Maldita sea. No puedo creer que estemos teniendo esta conversación por teléfono –le dijo él.

–Déjate de rodeos, Steven. ¿Es por mí?

–No, Ainsley. No es por ti. Y no quiero dejarte marchar así. Sí, quiero seguir con esto.

–Está bien, eso es todo lo que quería oír.

–Me alegro de que estés contenta –le dijo Steven.

–Quiero que tú también lo estés –respondió ella.

–Lo estaré cuando volvamos a estar juntos. Voy a estar un par de días fuera de la ciudad, tengo que marcharme a Berna.

–¿A ver a tu madre?

–Sí. Está muy ocupada y no responde al teléfono móvil –le contó él.

–¿Es una emergencia? ¿Algo que tenga que ver con tu familia?

–No. Lo hago por ti. Te dije que conseguiría que mis hermanastros y nuestras madres hablasen contigo, pero mamá no lo hará si no voy a pedírselo en persona.

Lo iba a hacer por ella. De repente, a Ainsley no le importó que se hubiese marchado sin despedirse esa mañana. Por seguro de sí mismo que pareciese Steven, aquella «relación» que tenían estaba haciendo que se saliese de su juego normal. Ella no estaba segura de que eso fuese bueno. Tal vez ambos estuviesen destinados a algo más grande: tal vez a enamorarse o a destruirse el uno al otro.

Capítulo Once

Steven entró en el edificio en el que trabajaba su madre en Berna y encontró a Roman esperándolo. Éste lo abrazó y lo saludó como un viejo amigo.

–Hola, Steven. Lynn subirá dentro de un par de minutos. ¿Qué tal el viaje?

–Largo –admitió él.

Habría podido ir en avión, pero había preferido conducir para tener tiempo de pensar y preguntarse por qué estaba haciendo aquello. Siempre le había dejado espacio a su madre, nunca había querido depender demasiado de ella y, aun así, estaba en Berna porque Ainsley necesitaba una respuesta. Y él le había hecho daño al irse de su casa esa mañana.

Durante el viaje, había llegado a la conclusión de que había tomado la decisión de hacer los artículos por el bien de la empresa, no sólo por Ainsley. Y después había vuelto a sentirse un poco más como el de siempre.

Ainsley lo había abrumado durante la noche que habían pasado juntos, pero Steven pensaba que se había sentido así porque era la primera vez que hacían el amor juntos. Cuando regresase a Londres y la viese de nuevo, sería como el resto de mujeres con las que había salido. Era muy atractiva, pero igual que cualquier otra.

–Steven –dijo su madre desde la puerta.

–Hola, mamá –respondió él, acercándose a ella.

Lynn lo abrazó durante un par de minutos antes de dejarlo marchar. Siempre lo hacía. Él no sabía por qué, pero en parte le gustaba. Cuando su madre lo abrazaba, se sentía como si fuese sólo su mamá, no una brillante investigadora.

–Siento no haber podido llamarte –le dijo ella.

–No pasa nada. Necesitaba subirme al coche y conducir.

Ella se echó a reír. Lynn había cambiado muy poco a lo largo de los años. Era muy alta y tenía el pelo grueso y moreno, con algunas mechas rojizas, y lo llevaba recogido en un moño desenfadado. Llevaba puesta la bata del laboratorio y los pendientes que él le había regalado en su último cumpleaños.

Roman los observó, como siempre, como una indulgente figura paterna. Steven sospechaba que era el amante de su madre, pero ésta nunca se lo había dicho, así que él tampoco había comentado nada.

–¿Tienes algo de tiempo para mí? –le preguntó Steven a su madre.

–Tengo una hora, cariño. Soy toda tuya.

–¿Quieres ir a dar un paseo en mi coche?

–Encantada. Llevo días sin salir de este edificio –respondió ella. Luego miró a Roman–. ¿Me llamarás si pasa algo?

–Por supuesto. Pásalo bien con Steven. Yo me ocuparé de todo aquí.

Ella asintió y entrelazó su brazo con el de su hijo.

–Vamos.

Él la condujo hasta el coche y la ayudó a entrar. Luego, bajó la capota.

–¿Por qué has venido a Berna? –le preguntó su madre mientras iban de camino a un parque.

Él aparcó el coche, salieron y dieron un paseo por los jardines. Su madre siempre se ponía sensible cuando estaban juntos y Steven recordó que, de niño, siempre le había encantado que le dedicase toda su atención cuando no estaba en el laboratorio.

Sospechaba que, en parte, Lynn sabía que se sentía solo. Y él odiaba sentirse tan débil cuando estaba con su madre. Siempre había querido pasar más tiempo con ella, pero, al mismo tiempo, había aprendido a dejarla marchar y había dejado de tener la esperanza de que algún día dejase de dedicarse a su trabajo.

–¿Recuerdas cuando Malcom se puso en contacto contigo? –le preguntó Steven, sabiendo que tendría que darle todos los detalles antes de que ella tomase una decisión acerca de si quería hacer o no la entrevista para la revista de Ainsley.

–Sí. ¿Salió bien?

–Bueno, ha querido retarnos a sus tres herederos. Estamos compitiendo para ver cuál puede obtener más beneficios en una de sus unidades de negocios y necesito tu ayuda.

–Yo no sé nada de negocios.

–Mamá, he organizado una serie de entrevistas

acerca del Grupo Everest con *Fashion Quarterly*. Y la redactora jefe quiere entrevistar a nuestras madres. Como es una revista de moda, quiere hablar con las mujeres implicadas.

–¿Acerca de Malcolm? –quiso saber Lynn.

–En realidad no lo sé. Tal vez acerca de vuestro trabajo.

–¿Es importante para ti?

Steven lo pensó. Nadie había sido importante para él, pero Ainsley lo era. Y no quería ser él el motivo de que su artículo no saliese adelante.

–Sí, ella lo es.

–¿Ella?

–Me refería al artículo. Los artículos son importantes. Reintroducirán en el mundo una marca que la gente piensa que forma parte del pasado.

–Steven, has dicho ella. ¿Te gusta la redactora que está escribiendo los artículos?

–No, mamá. Me gusta la redactora jefe.

–¿Y cómo es?

–Estadounidense.

–Ah. ¿Y eso qué significa?

A él le entraron ganas de echarse a reír.

–Que es diferente. Trabaja en la industria editorial, y es inteligente y divertida.

–Parece perfecta para ti. ¿La has llevado a conocer a tía Lucy?

–No. Ni voy a hacerlo. Ya sabes cómo puede llegar a ser tía Lucy.

–Sé que te quiere.

–Sí, pero puede ser avasalladora. Me llama una vez por semana.

–A mí también –le contó su madre, riendo–. La pobre Lucy, con dos adictos al trabajo como su única familia.

–Sí, pobre Lucy.

–¿Nunca te has sentido resentido conmigo por cómo fue tu niñez? –le preguntó su madre.

–No –respondió él–. ¿Por qué?

–Roman me dice que compartimento a la gente. Y yo pienso en cuando eras pequeño y querías pasar tiempo conmigo, pero yo estaba siempre en el laboratorio.

–Fuiste la mejor mamá que podías ser.

Ella se encogió de hombros.

–Eso es cierto, pero ¿fue suficiente?

–No tengo ni idea. Eres la única madre que tengo.

Ella le sonrió.

–No quiero que sientas que no te hice caso porque no te quería.

Steven pensó que aquello no tenía nada que ver con él, sino que había otra cosa que tenía preocupada a su madre. Se preguntó si, al estar con Roman, se había dado cuenta de que la familia era más importante para ella de lo que quería reconocer.

–Siempre he sabido que tu trabajo ocupa toda tu atención. Y eres brillante en él, así que no pasa nada.

Ella se inclinó y le dio un beso en la mejilla.

–Gracias, Steven.

–De nada.

La alarma del reloj de Lynn empezó a sonar.

–Tengo que volver.

Regresaron al coche y, una vez allí, Steven le preguntó:

–¿Harás la entrevista?

–Sólo si me envían antes las preguntas que van a hacerme.

–De acuerdo. Adiós, mamá –le dijo. Quería ser el primero en despedirse.

–¿Steven?

–¿Sí?

–He estado pensando que tal vez no hice un buen trabajo al no enseñarte que en la vida hay mucho más que el trabajo.

Él no respondió a aquello.

–¿Qué importa eso?

–Si te gusta esa mujer, no cometas los errores que cometimos tu padre y yo. Tal vez luego eches la vista atrás y te arrepientas.

–¿De qué te arrepientes tú?

–De no haber pasado más tiempo contigo –admitió ella.

–¿Por qué ahora? –le preguntó él.

–Roman me ha pedido que me case con él. Y… le he dicho que sí.

–Bien. Enhorabuena –le dijo él, pero por dentro se le cerró una puerta. Su madre y Roman tendrían su mundo juntos. Su vida transcurriría la mayor parte del tiempo en el laboratorio y aquello era algo de lo que él no podía formar parte.

–Gracias, cariño. Quiero que tú también seas feliz. No esperes a que sea casi demasiado tarde para darte cuenta de que la vida es mucho más que trabajo.

Él asintió. Dudaba poder cambiar su manera de ser. Y no estaba seguro de poder hacerlo con una mujer como Ainsley. Ya sabía que ella le hacía sentir celos y eso no era lo que necesitaba si quería mantener la cabeza despejada y estar centrado en el trabajo.

Pero, al mismo tiempo, siempre había estado decidido a no repetir los errores cometidos por sus padres. Iba a seguir con Ainsley e iba a ver si podía seguir un camino distinto al de sus progenitores.

En esos momentos, todo le parecía fácil, pero sabía que no lo sería. No amaba a Ainsley. De hecho, no sabía si era capaz de amar. Sólo sabía que la deseaba y que le costaba mucho trabajo trabajar mientras pensaba en ella. Y pensaba, o sabía, que a Ainsley le ocurría lo mismo con él.

Si la hacía oficialmente suya, dejaría de tener dudas y, con un poco de suerte, de sentir celos. La llamó a su despacho y se enteró de que estaba en Milán. «Estupendo», pensó. Eso le daría el tiempo necesario para poner en marcha un plan.

El compromiso de su madre con Roman había plantado la semilla del suyo propio. Con Ainsley. Tal y como le había dicho su madre… no debía esperar a que fuese demasiado tarde.

Después de su reunión en Milán, Ainsley llegó a Heathrow cerca de la media noche. Estaba cansada y sólo tenía ganas de llegar a casa y dormir abrazada a Steven, pero llevaba más de tres semanas sin verlo. La logística de una relación como la suya era más complicada de lo que había esperado.

Steven había conseguido que su madre accediese a darles la entrevista y ella estaba utilizando todos sus contactos para conseguir ver a Malcolm Devonshire, pero casi había desistido. Bueno, eso era mentira, no iba a tirar la toalla hasta que el artículo no estuviese en los quioscos.

Se dirigió hacia la salida tirando de la funda del ordenador con ruedas. Era una de ésas que tenía un compartimento para algo de ropa y le parecía perfecta para los viajes cortos que hacía con tanta frecuencia. En especial, en primavera, con todas las semanas de la moda en plena ebullición.

Encendió su BlackBerry y vio que tenía un mensaje de Cathy, que le informaba de que iría un coche a recogerla.

En momentos como aquéllos, adoraba a su secretaria. Estaba tan cansada que le daba pereza hasta tomar un taxi. Salió de la terminal y vio a Steven apoyado en su coche, observándola.

Le alegró mucho verlo. Se había olvidado de lo mucho que le gustaba su guapo rostro y esa sonrisa de medio lado que le hacía sentirse como si de verdad estuviese en casa.

–¿Has venido tú a recogerme? –le preguntó.

–Sí. He pensado que la única manera de vernos sería a estas horas de la noche, cuando el resto del mundo no nos necesita –respondió él–. ¿Sólo traes esa maleta?

–Sí. Odio esperar las maletas, así que siempre embarco ésta.

Steven le abrió la puerta del coche y ella entró, relajándose en el asiento de cuero mientras él guardaba la maleta y se sentaba también.

Tenía puesto un disco de uno de los nuevos artistas del Grupo Everest, Steph Cordo.

–Está canción está muy de moda. Debes de estar muy contento de que le vaya tan bien, siendo un artista de la empresa.

–No, no lo estoy. Intento batir a Henry económicamente –le confesó Steven.

–¿No me digas? ¿Es ésa una de las condiciones del trato con Malcolm? Sé que estáis compitiendo los tres.

–Sí. ¿Qué tal en Milán?

–Mucho trabajo, pero ha sido una visita productiva. Estamos preparándonos para las pasarelas de otoño.

–¿Vas a todas?

–Normalmente sí.

–¿Y te gusta?

–Casi siempre. Aunque cuando vuelvo a casa tengo que tomarme una semana libre para recuperarme.

Ainsley miró por la ventana y se dio cuenta de que no iban en dirección a Notting Hill, sino por la A3, hacia el sur.

–¿Adónde vamos?

–A mi casa.

–Ah.

–¿Te parece bien?

–Sí, pero mañana va a tener que llevarme alguien al trabajo.

–No, porque te vas a tomar el día libre.

–¿De verdad?

–Sí. Da la casualidad de que yo también tengo el día libre, así que he pensado que podríamos pasarlo juntos.

Ainsley sonrió para sí misma.

–Suena estupendo.

Cerró los ojos un minuto y, cuando Steven detuvo el coche, los abrió y vio que estaban en un garaje grande y rústico.

–Estamos en mi casa de campo, en Cobham –le dijo Steven.

Ainsley había salido poco de Londres y deseó que fuese de día para poder ver los alrededores.

–Me he dormido todo el camino. Lo siento –le dijo.

–Estabas cansada –respondió él.

Salió del coche y sacó la maleta. Luego echó a andar delante de ella por un camino que llevaba a la casa. Era muy moderna y grande, sobre todo, comparada con las casas de ciudad a las que ella estaba acostumbrada.

Entraron a la cocina por una puerta lateral. Era una cocina muy bien equipada.

–¿Cocinas?

–Es un hobby –le dijo Steven–. Mi tía Lucy es chef y me enseñó cuando era pequeño.

–¿Pasabas mucho tiempo con ella? –preguntó Ainsley.

Todos los artículos que había leído acerca de él en revistas y en Internet se referían a sus negocios.

–Sí, me quedaba con ella siempre que mi madre

tenía que ir a Berna. Lleva años trabajando en el acelerador de partículas.

–¿Trabaja en la partícula de Dios?

–Empezó trabajando en ella con Peter Higgs, que descubrió el Bosón de Higgs. Luego, mi madre empezó a trabajar por libre. Seguro que se lo cuenta todo a tu redactora, pero sólo por correo electrónico.

–Eso sería estupendo.

Steven la condujo por la casa. Ainsley vio muchos tonos azules marino y un salón muy británico antes de subir las escaleras.

–¿Pasas mucho tiempo aquí?

La habitación principal tenía una cama enorme en el centro y un cuarto de baño al lado. En ella había una televisión de LCD en la pared y un confidente enfrente, con una otomana grande y acolchada.

–Es mi refugio –admitió Steven.

–¿Y traes a mucha gente aquí?

–Tú eres la primera.

Ainsley no quiso darle demasiadas vueltas a aquello. Al fin y al cabo, era sólo la tercera vez que estaban juntos. No obstante, no pudo evitar sentirse especial.

Steven había estado muy ocupado durante las tres últimas semanas, pero, sobre todo, había sido consciente de lo mucho que echaba de menos a Ainsley. Era una mujer muy ocupada y, aunque le había dado mucha importancia al tema de tener una relación con él, debía de haberle dado miedo, porque no había tenido ni un minuto libre desde la noche que habían dormido juntos. Steven pensaba que lo había hecho a propósito.

Así que sólo le había quedado la opción de hablar con su secretaria, para que Ainsley no siguiese evitándolo.

Se sintió bien, con ella allí, en su dormitorio. Era el lugar en el que había pensado cuando se había imaginado con ella.

Dejó su maleta en el banco acolchado que había a los pies de la cama y le preguntó:

–¿Quieres darte un baño?

–Sí, creo que me vendrá bien.

–Te lo prepararé mientras tú abres esto –le dijo, tendiéndole un paquete envuelto de regalo.

Y se marchó antes de que Ainsley lo hubiese abierto. Aquel baño ultramoderno era algo raro en el Reino Unido, pero él lo había visto en una revista y había decidido que quería uno. Era grande, con una bañera muy amplia, con vistas al jardín. También tenía una ducha doble y una sauna. Y el lavabo doble tenía la encimera de mármol.

Preparó el baño para Ainsley y le puso unas sales de baño relajantes que le había pedido a su secretaria que comprase. Encendió el radiador toallero y comprobó que el champán que había dejado enfriando todavía estaba frío. Lo descorchó y sirvió dos copas.

Cuando volvió a la habitación, Ainsley seguía sentada en la otomana, con la caja de regalo en el regazo.

–No lo has abierto.

–Te estaba esperando.

–Pues aquí estoy.

Ainsley jugó con el lazo del paquete.

–¿Por qué me has comprado un regalo?

–No lo he hecho para que juguemos a hacernos preguntas. ¿Vas a abrirlo o no?

Ella rasgó el papel, lo dobló en un cuadrado perfecto y lo dejó a su lado. Luego abrió la caja y sacó de ella un negligé de La Perla.

–Gracias.

–De nada. Quería encontrar algo tan sexy como tú, pero esto es lo más parecido que he podido encontrar.

Ainsley se ruborizó.

–Yo no soy sexy.

–Entonces, mis recuerdos de la noche que pasamos juntos deben de estar equivocados, porque recuerdo a una mujer muy sexy. ¿Estás lista para el baño?

–Sí.

Ainsley se quitó los zapatos, se levantó y lo siguió hasta el cuarto de baño. Suspiró al entrar y pisar el suelo de madera. El diseño de toda la casa era cómodo y lujoso al mismo tiempo.

Steven cerró los grifos de la bañera, la ayudó a quitarse la ropa y luego la abrazó.

–Te he echado de menos.

–Yo también –admitió ella.

Las semanas que habían pasado separados habían sido muy largas y Ainsley se había dado cuenta de lo importante que era Steven para ella.

Él se desvistió también y ambos entraron en la bañera. Steven se sentó detrás de ella, abrazándola.

Ainsley volvió a suspirar y se relajó contra su pecho. Él tomó sus pechos con las manos y Ainsley se giró a mirarlo.

–Cuéntame qué has estado haciendo, para no tener tiempo para verme –le dijo él.

–Trabajar. De verdad, no he hecho otra cosa. Tengo que ir a fiestas y cenas y siempre tengo a alguien que quiere algo de mí.

–Yo quiero ser ese alguien. Pensé que querías tener una relación –le dijo él.

Ella movió los hombros y las puntas de sus pezones asomaron por encima de la espuma.

–Y la quiero, pero no me di cuenta de que los dos íbamos a estar tan ocupados. ¿Qué has estado haciendo tú?

–Poniendo a punto la unidad norteamericana.

–¿Cómo lo has hecho?

–He mandado a mi mejor hombre: Dinah, que trabaja para mí en Raleighvale.

–¿Es difícil llevar dos empresas a la vez? –le preguntó Ainsley.

–Para mí, no.

Steven quitó una mano de su pecho y se la puso en la barbilla para levantarle el rostro y darle un apasionado beso en los labios. Era lo que había querido hacer desde que la había recogido en Heathrow.

Ella se giró entre sus brazos y se sentó a horcajadas sobre él.

Steven tomó agua de la bañera y le quitó la espuma de los pechos para acariciarlos con la boca.

Ainsley enterró los dedos en su pelo y lo apretó contra ella.

Steven sabía que había dejado ver demasiado de sí mismo al llevarla allí, pero teniéndola tan cerca, encima de él, no le importó.

Deseaba a aquella mujer. Sabía que no podía hacerla suya en la bañera. Tenía que ponerse un preservativo antes de que eso ocurriese, pero, por el momento, a ambos les bastaba con jugar.

Ainsley lo abrazó con fuerza. Y él pensó que tenía que conseguir que siguiese a su lado. ¿Y si se casaban?

–Hazme el amor, Steven.

–Sí –le dijo él, poniéndose en pie para sacarla de la bañera y llevarla al dormitorio. Ya pensaría en el matrimonio más tarde.

Capítulo Doce

Steven envolvió a Ainsley en una de sus grandes toallas de baño y se la llevó a la cama. Tardó un minuto en secarse y luego buscó la caja de preservativos que tenía en el cajón de la mesita de noche. Sacó uno y se lo puso antes de tumbarse a su lado en la cama.

–Pensé que querías verme con ese camisón puesto –le dijo ella.

–Antes quiero darte la bienvenida a casa tal y como te mereces. Luego, podrás ponerte lo que quieras.

Ella se echó a reír.

–He echado esto de menos.

–¿De verdad? Entonces, ¿por qué no respondiste al teléfono cuando estabas en Milán?

Steven se puso encima de ella, que lo abrazó por el cuello y le dio un beso.

–Quería estar segura de que me deseabas de verdad. Y sabía que, si ibas en serio conmigo, me estarías esperando cuando volviese a Londres. Después de que te marchases de mi casa sin despedirte, necesitaba saber que soy tan importante para ti como tú para mí.

–Voy a demostrarte lo mucho que me importas –le dijo él, penetrándola despacio.

–Espero que puedas hacerlo –comentó Ainsley en voz baja.

Quería creerlo, pero todavía no podía confiar en él con todo su corazón.

Se agarró con fuerza a sus hombros mientras él empezaba a moverse, dejó de hablar y cerró los ojos. Steven intentó alargar el momento al máximo, pero no pudo. Llevaba demasiado tiempo sin estar con ella y notó que iba a terminar.

Intentó aguantar, no llegar al clímax antes que ella. Le susurró palabras picantes al oído, le acarició los pechos, jugando con sus pezones hasta que la oyó gemir al llegar al clímax.

Se quedó quieto mientras su cuerpo se contraía alrededor de su erección y luego volvió a moverse. Inclinó la cabeza, tomó un pezón con la boca y lo chupó hasta que él mismo estalló.

Luego fue a lavarse y cuando regresó a la cama, la abrazó.

–Y ahora que ya nos hemos quitado del medio lo más urgente, ¿qué me estabas diciendo? ¿Que me estabas poniendo a prueba?

Ella le dio un pellizco.

–Sí. No quiero ser la única en arriesgarme.

–¿Y qué te hace pensar que es así?

–Que te marcharas de mi casa –le dijo Ainsley–. Si te hubieses quedado esa mañana… habría estado más segura.

–¿Y por qué no lo estás? –le preguntó él.

La tenía tumbada sobre el pecho, jugando con el vello de éste y con la cabeza agachada, por lo que no podía ver su expresión.

–Porque eres el primer hombre con el que me he sentido así –le respondió ella–. Y no eres como mi revista. No puedo dirigirte igual.

–¿Por qué no?

–Porque me importas, Steven. Te he echado mucho de menos.

Él la abrazó con fuerza durante un minuto. Se alegraba mucho de oír aquello. Y le tocó mucho más de lo que jamás habría imaginado.

–Si no hubieses jugado conmigo, podríamos haber disfrutado juntos de las tres últimas semanas.

Ella se apoyó en un codo y lo miró.

–Yo no he sido la única en jugar.

–No, la verdad es que no –admitió Steven.

Al principio, había esperado a que ella diese el primer paseo. Al fin y al cabo, era la que quería una relación, pero no había tardado en darse cuenta de lo que estaba haciendo. Así que allí estaba, con ella entre sus brazos, sin querer dejarla escapar. Iba a pedirle que se casase con él.

Aunque era peligroso, para un hombre sin raíces, acostumbrado a viajar, que no buscaba un hogar permanente. Alargó la mano y apagó la luz. No quería darle demasiadas vueltas al tema en esos momentos.

Ainsley se acurrucó a su lado y se durmió enseguida, pero Steven se quedó despierto, abrazándola todo lo fuerte que quiso, porque nadie lo veía, salvo la luna y las estrellas.

En el silencio de la noche, se dio cuenta de que su plan no iba a funcionar. A Ainsley le importaba e iba a quererlo todo. No iba a conformarse con una relación a largo plazo sólo para que él pudiese dormir con ella todas las noches.

Lo único que sabía Steven era que quería mantenerla a su lado y que iba a tener que encontrar el modo de conseguirlo.

Ainsley se movió entre sus brazos porque la estaba apretando demasiado. Él la tranquilizó e intentó dormirse, pero tardó mucho en hacerlo. Se quedó mirando su rostro. Tenía que encontrar la manera de que no le importase demasiado.

Ainsley se despertó sola en la enorme cama de Steven. Había una nota en la mesita de noche. Alargó la mano y la tomó. La noche anterior se le había olvidado quitarse las lentillas, así que no tuvo ningún problema para leerla.

Estoy en mi despacho haciendo una videoconferencia. Tienes cepillos de dientes nuevos en el botiquín. El desayuno, en la terraza a las diez.

Ainsley salió de la cama, sorprendida por su propia desnudez, pero no se sintió incómoda. A Steven le encantaba su cuerpo y a ella también estaba empezando a gustarle. Estaba empezando a darse cuenta de que era la mujer a la que veía en el espejo.

Cuando bajó las escaleras, Steven seguía al teléfono y le hizo un gesto para que lo esperase en la terraza. Ella salió y miró su correo en la BlackBerry. Freddie le había mandado un mensaje diciéndole que Maurice, su jefe, necesitaba hablar con ella urgentemente, así que lo llamó.

–Soy Ainsley –le dijo cuando éste descolgó.

–Bien. ¿Has conseguido hablar con Malcolm Devonshire?

–Todavía no, pero sigo intentándolo. Ya tengo a las tres madres.

–Estupendo. Ya te he dicho que voy a publicar tus artículos también aquí, en Estados Unidos. El Grupo Everest va a relanzar la tienda de Manhattan con una fiesta a la que asistirá XSU, ese grupo nuevo que acababa de firmar con Everest Records. Será el lanzamiento de su CD en Norteamérica.

–Estupendo. Bert Michaels va a ocuparse de las entrevistas a las madres, tendré que buscar a otra persona para que haga un artículo acerca de XSU. Además, quiero que sepas que estoy saliendo con Steven Devonshire. ¿Sigue pareciéndote bien?

–Sí, siempre y cuando seas cauta.

–De acuerdo. Hablaré con mi secretaria para la entrevista con XSU y te llamaré.

–Mándame un correo. Y quiero saber qué va a pasar con Malcolm mañana.

–De acuerdo –respondió Ainsley, aunque no tenía ni idea de cómo iba a conseguir hablar con el padre de Steven.

Éste no le devolvía las llamadas, pero ella sabía que tenía una finca por allí cerca. Tendría que pedirle a Steven que la llevase, no podía estar muy lejos.

Llamó a Cathy al trabajo y le dio una lista de cosas que tenía que hacer. Cuando colgó, Steven estaba a su espalda. Llevaba una bandeja con zumo y una ensalada de fruta.

Se sentaron a desayunar y entonces le preguntó:

—¿Tienes algo planeado para hoy?

—No, ¿hay algo que te gustaría hacer?

—Sí, conocer a tu padre biológico.

Steven negó con la cabeza.

—Me temo que eso vas a tener que hacerlo sola.

—¿Por qué? Es muy importante para mí, para mi revista.

—Lo siento, pero no hablo con Malcolm. Si quieres, puedes llamar a su abogado y ver si consigues algo.

—¿Te has peleado con él?

—No quiero hablar de eso —le dijo Steven.

Ella se levantó y fue a su lado.

—Yo sí, es importante para los dos.

—No, yo no necesito a Malcolm Devonshire.

—Entonces, ¿por qué trabajas para él?

—Para demostrar lo que valgo. ¿Por qué quieres saberlo, para tener algo jugoso que incluir en tu artículo? ¿O porque te importo?

—Porque me importas.

—Entonces, déjalo estar.

Ella se cruzó de brazos.

—Ya no se trata del artículo, Steven, sino de ti y de mí. Quiero saber por qué estás tan molesto.

Él se levantó y fue a apoyarse a la barandilla, desde donde se veía un paisaje precioso. Ella lo siguió y le puso una mano en la espalda.

—Lo siento, Steven.

—¿Por qué? —preguntó él, mirándola.

–Por no haberme dado cuenta de que Malcolm fue sólo un donante de esperma, y no un padre para ti.

–Vaya. Qué bueno. Nunca lo habían descrito así antes, pero has dado en el clavo.

–Se me da bien observar a la gente y averiguar lo que le fastidia.

–A mí también, por eso soy tan bueno en mi trabajo –respondió él.

–También eres un buen hombre –le dijo Ainsley.

–Tal vez seas la única que piense eso.

Ainsley lo dudaba. Steven no dejaba que nadie se le acercase. Mientras vio cómo observaba su propiedad, fingiendo que no le importaba su origen, ella se dio cuenta de repente de que lo amaba.

Steven supo que había cometido un error al llevar a Ainsley allí. Quería llevarla de vuelta a la ciudad y volver a poner una barrera entre ambos.

Nunca había pensado en la falta de un padre en su vida. Hombres como Roman habían llenado ese vacío de niño, y luego en Eton había estado solo.

Era un hombre solitario. En su vida no había espacio para una mujer con ojos dulces, violetas, y con abrazos compasivos.

Sólo necesitaba a las mujeres para el sexo.

–No has dicho nada en casi media hora –le dijo ella.

–Tú tampoco –replicó.

Estaban comiendo en el patio. Le había enseñado la finca, pero el día no había transcurrido tal y como él había planeado, así que había llegado el momento de volver a la ciudad, al trabajo.

–Tengo miedo de volver a equivocarme con mis palabras –admitió Ainsley.

–No lo harás –le dijo él, que ya había enterrado sus emociones y no volvería a reaccionar.

Había pasado toda su vida sabiendo que su padre no quería tener nada que ver con él, por eso había sido reacio a ir a la reunión con sus hermanastros y por eso mismo estaba tan decidido a vencerlos. Para demostrarle al viejo que era mejor que él en el negocio al que Malcolm había dedicado toda su vida.

Comprobó su correo en el iPhone y vio que Dinah había vuelto de Estados Unidos. Y decidió que no iba a pedirle a Ainsley que fuese a vivir con él.

–Tengo que volver al trabajo. Ha surgido una emergencia.

–Iré a por mi maleta –le respondió Ainsley.

Steven la vio alejarse y supo que jamás volvería a llevarla allí. Una parte de él iba a echarla mucho de menos, al fin y al cabo, era la mujer que más le había gustado en toda su vida, pero no se lo diría nunca, porque si no, Ainsley querría cosas que él no podría darle.

Ella bajó con la maleta y Steven fue a por el coche. Lo detuvo delante de la puerta y fue a por Ainsley, que le estaba dando las gracias al ama de llaves por el desayuno.

–Gracias por haberme traído aquí –le dijo a él.

–De nada. Siento que no podamos quedarnos más.

–No, no lo sientes. Llevas intentando sacarme de aquí desde que te he hablado de Malcolm.

–Es verdad. Me he dado cuenta de que he dejado entrar a una periodista en mi en mi santuario.

–No he venido aquí para intentar descubrir tus secretos. Y si te he preguntado por Malcolm, ha sido porque no sabía cuál era tu relación con él. Si lo hubiese sabido, no habría dicho nada.

–¿Y cuál es mi relación con él?

–Inexistente, ¿no?

–Cierto –admitió Steven, abriéndole la puerta del coche–. Entra.

–Todavía no he terminado de hablar –le dijo ella.

–Yo sí. Y me marcho. ¿Vienes conmigo o no?

–Por supuesto que voy contigo –respondió Ainsley, sin subir al coche–. No puedo creer que estés permitiendo que esto te haga perder el control.

–No soy yo, sino tú y tu revista. Entrometiéndoos en la vida de la gente.

–Te recuerdo que fuiste tú quien me pidió que hiciese los artículos.

–Es verdad, pero yo sólo quería que hablaseis de los herederos y de sus negocios, y no que metieseis a toda la familia en ello. No os distéis cuenta de que la única familia que Malcolm Devonshire ha tenido ha sido su trabajo.

–Pues lo siento mucho, porque se ha perdido a tres hijos increíbles –respondió Ainsley antes de subirse al coche.

Capítulo Trece

Fueron todo el camino en silencio y Steven la dejó en su trabajo, donde ella se sentía segura de sí misma, donde podía controlar las situaciones.

Habló con Cathy de la llamada de Maurice y luego solucionó un problema con una sesión de fotos. Después, volvió a su despacho, pero no se sentó. En su lugar, entró en su cuarto de baño privado y se lavó la cara. No se miró al espejo porque no quería ver en él a una extraña.

Antes de estar con Steven, se había sentido como si fuese disfrazada, pero en esos momentos había empezado a aceptarse y sabía que, si se miraba al espejo, vería a una mujer que había cometido un enorme error.

Una mujer que había confiado en el hombre equivocado y había dejado que le hiciese daño. Se había enamorado de él y quería conocer los detalles de su vida no para la revista, sino para sí misma, para saber cómo había sido para él crecer entre las sombras.

No hacía falta que le preguntase cómo le había afectado, porque ya veía lo cauto que era con todo el mundo. Steven se pasaba el día trabajando para demostrarle al mundo que no necesitaba a nadie.

Se preguntó qué habría querido decir con lo de que tenía que vencer a sus hermanos. Lo único que sabía Ainsley era que se habían ido de su casa porque ella había hecho que se sintiese incómodo. ¿Qué podía hacer para arreglarlo? No había pretendido hacerle daño, sino ayudarlo.

Todavía estaba dándole vueltas a aquello cuando sonó su teléfono.

–Hola, soy Henry Devonshire, te llamaba para invitarte a una reunión que tengo en el club de rugby London Irish este fin de semana. También acudirán mis hermanastros y mi madre. Así tendrás la oportunidad de ver cómo es mi vida cuando no estoy en la discográfica.

–Encantada, Henry. ¿Puedo decirle a la redactora que se ocupa del artículo que venga también?

–Sí. Os dejaré las entradas en taquilla.

–Gracias.

Ainsley pensó que iba a seguir viendo a Steven aunque no tuviesen nada juntos. Y no sabía cómo iba a reaccionar. Necesitaba hablar con él antes del partido de rugby para saber si el daño que había hecho era irreparable.

Decidió mandarle un correo electrónico pidiéndole que cenasen juntos en su casa y él aceptó.

Esa tarde salió temprano del trabajo y fue a comprar los ingredientes para preparar un plato de pasta sencillo, ya que no era buena cocinera.

Lo importante era reparar el daño causado y por eso quería que estuviesen en su casa, para que nada se interpusiese entre ellos. No quería que nada la separase del hombre al que amaba.

***

Steven aparcó el coche delante del edificio de Ainsley y bajó con una botella de vino en una mano y el último CD de Steph Cordo en la otra. Sabía que había sido un poco brusco con el tema de Malcolm, pero no había podido evitarlo.

Él nunca hablaba de su familia, pero con Ainsley lo había hecho y en esos momentos se preguntaba si debía haber rechazado su invitación a cenar. No había podido hacerlo porque quería volver a verla.

Llamó a la puerta y Ainsley tardó un par de minutos en abrir. Llevaba un delantal e iba descalza. Y seguía con los mismos vaqueros y la misma camiseta que esa mañana.

Sintió ganas de besarla.

La tomó entre sus brazos nada más cruzar el umbral de la puerta y la besó con todas sus ganas. Cuando se separó de ella y la miró, vio que tenía lágrimas en los ojos.

—No llores.

—Es que… Siento haberte hecho esas preguntas. Lo hice porque me importas, no para sacarte información y utilizarla después en la revista.

—No pasa nada. Es sólo que has metido el dedo en la llaga.

—¿Sólo tienes una llaga? —preguntó ella.

Steven lo pensó. El tema de Malcolm era el único que siempre le molestaba.

—Es como darle a un botón que me hace saltar.

Ainsley lo condujo hacia la cocina. El ambiente olía a ajo y a tomate y a Steven se le hizo la boca agua.

–Bueno, luego tengo otros botones, pero sexuales –añadió–. ¿Tienes un sacacorchos?

–Sí. ¿Cómo puedes hablar de sexo y de vino a la vez?

–Es muy fácil –le dijo él–. Cuando estoy contigo, siempre pienso en el sexo.

–¿Es ése el único motivo por el que estamos juntos? –le preguntó Ainsley–. Me gustaría pensar que hay algo más entre nosotros.

–Y lo hay –le aseguró Steven, pero no sabía lo que era y esperaba que ella no se lo preguntase–. ¿Te ayudo con la cena?

La ayudó a sacar el pan de ajo del horno y la cena fue muy agradable. Charlaron de cosas sin importancia y todo fue bien, pero Steven se dio cuenta de que a Ainsley le pasaba algo.

–¿Por qué estás tan nerviosa? –le preguntó por fin, después de que hubiesen recogido la cocina.

–Hoy me he dado cuenta de que me importas más de lo que pensaba, y no quiero que me dejes.

Tengo miedo.

–Miedo, ¿de qué?

–Bueno, llevaba obsesionada contigo desde hace cinco años. Y me he estado preguntando si lo que hay entre nosotros es algo que no es para mí. Quiero decir, que hace cinco años estaba gorda.

–Y yo, ciego. Porque me gustas más allá de tu cuerpo, eres tú la que me atraes.

Ella se levantó de la mesa y se alejó y Steven la siguió. Estaba llorando.

–¿Qué he dicho?

–Lo que tenías que decir –respondió ella, girándose y abrazándolo–. Te quiero, Steven.

Él se quedó inmóvil. Ainsley le importaba, la deseaba, pero ¿la amaba? No tenía idea.

–Gracias –dijo, porque no sabía qué otra cosa podía decir.

–¿Gracias? –repitió ella, que no había esperado aquella respuesta.

–Sí, pero no estoy seguro de ser merecedor de tu amor –añadió Steven.

Entonces, Ainsley se dio cuenta del daño que le habían hecho sus padres al no ocuparse de él de niño. Era un hombre tan vulnerable como ella.

Cuando Steven se miraba al espejo, veía a alguien incapaz de amar, lo mismo que ella se miraba y veía a una mujer gorda.

–Yo veo al hombre que eres de verdad –le dijo, intentando expresar lo que sentía–. A un hombre cariñoso y cuidadoso conmigo y con mis emociones.

–Eso es sólo porque quería acostarme contigo.

–Veo a un hombre que ha dejado de trabajar para hacer que yo me tome un día libre, para que estemos juntos.

–Tenía que trabajar desde casa, así que me vino bien.

Ella se alejó de su lado y se giró a mirarlo.

–¿Cuál es tu problema? ¿Por qué no ves las cosas como yo?

–No tengo ni idea. Tal vez tú quieras ver cosas que no están ahí.

–No quieres verlo porque eres un cobarde –replicó Ainsley.

–He pegado a más de uno por decir eso –le advirtió él.

–Pero a mí no vas a pegarme y los dos lo sabemos.

–No, pero me marcharé.

–Si lo haces, es porque tienes miedo. Miedo a arriesgarte por algo bueno y duradero.

Steven se acercó a ella.

–Un amor como éste no se encuentra todos los días –le dijo Ainsley–. Y si te marchas, me echarás de menos. Esta noche, mañana y muchos días después, porque terminarás solo.

–Gracias por tus predicciones, pero no las necesito. Y me gusta estar solo. Entre tú y yo sólo ha habido buen sexo.

Ella negó con la cabeza.

–Ni siquiera eres capaz de ver lo que estás rechazando –le dijo, sin poder evitar que los ojos se le llenasen de lágrimas.

–No intentes hacer que me sienta culpable llorando –le advirtió él.

–No estoy intentando hacer nada. Quería amarte, pero tú no quieres entender que el amor no es una trampa.

Él la miró con cinismo.

–Lo siento, cariño, pero no estoy de acuerdo. He visto a mi madre y a mi padre atrapados por su trabajo, por lo que sentían por él.

–Ese amor del que hablas no es el mismo del

que hablo yo –le dijo ella–. Ahora, creo que deberías marcharte.

–Sí. Me marcho. He disfrutado de todo el tiempo que he pasado contigo, Ainsley. Eres una mujer muy especial.

Dicho aquello, salió por la puerta y Ainsley se quedó allí mirándolo. Luego cerró la puerta y se abrazó con fuerza. No tenía ni idea de cómo se iba a recuperar de aquello. Nadie le había hecho tanto daño como Steven.

Se sentó y se puso a llorar. Y estuvo así mucho tiempo. Su teléfono sonó y pensó que podía ser Steven, pero no respondió. Si hubiese cambiado de opinión, habría vuelto.

Y ella lo habría dejado entrar porque, a pesar de las cosas que le había dicho, todavía lo amaba y tenía la sensación de que seguiría amándolo durante mucho tiempo.

Capítulo Catorce

Steven había sido consciente de su error la primera vez que se había acostado con Ainsley. Estaba llena de contradicciones y hacía que a él le importase demasiado.

El resto de la semana pasó muy deprisa. Dinah estaba trabajando en las tiendas norteamericanas y los resultados estaban mejorando.

Su unidad de negocio iba mejor que las de sus hermanastros, pero en esos momentos ya no le importaba ganar. En realidad sólo quería… a Ainsley.

Deseaba pasar el resto de su vida con ella.

Con una persona.

Y ésa era una debilidad que jamás se había permitido antes. Así que había hecho lo único que se le había ocurrido: terminar con lo suyo tajantemente.

Salió del dormitorio de su piso de Londres y fue al salón, a servirse un whisky. Se lo bebió de un trago y se puso otro.

Pero nada podría cambiar sus sentimientos. Sabía que no debía haber sido tan bruto con Ainsley, que ella había llevado una vida tan solitaria como la de él. Y había intentado cambiarla, primero, perdiendo peso y después, tendiéndole la mano, haciendo el amor con él y amándolo.

Y la había rechazado.

¿Por qué? Porque, tal y como ella le había dicho, era un cobarde, igual que su padre.

Tomó el teléfono a pesar de que era tarde y marcó su número sin tener ni idea de lo que le iba a decir.

–¿Dígame?

Su voz somnolienta le hizo sonreír y supo que no podía hablar con ella en esos momentos. Antes tenía que estar seguro de que podía ser su hombre.

Colgó sin decir ni una palabra y luego marcó el número de Edmond.

El abogado de su padre respondió al primer tono.

–Soy Steven.

–Hola, Steven. ¿En qué puedo ayudarte?

–Dime por qué nos reconoció Malcolm a mis hermanastros y a mí, si no quería tener una familia ni herederos. ¿Por qué lo hizo?

–No tengo ni idea. Por aquel entonces el Grupo Everest estaba pasando por dificultades económicas y él estaba intentando sacarlo a flote. Supongo que quería dejárselo a sus herederos cuando falleciese, pero no supo centrarse en una mujer y en su trabajo a la vez.

–Como yo.

–Exactamente, he oído decir muchas veces que eres como tu padre.

–¿Puedo hacerte otra pregunta? ¿Por qué no le has devuelto las llamadas a Ainsley?

–Porque Malcolm no habla con la prensa –respondió el abogado.

–Esto no es hablar con la prensa. Van a hacer una serie de entrevistas que serán muy positivas para la empresa. ¿Puedes preguntarle si podría responder a un par de preguntas? Dile que es la única cosa que le ha pedido su hijo en toda la vida.

–Lo haré.

Steven colgó. Y entonces se dio cuenta de que, tal y como Ainsley le había dicho, iba a terminar solo.

Y no quería eso.

Quería otro futuro. Quería tener una esposa y tal vez un par de hijos con los ojos grandes, violetas, y el pelo moreno.

Quería un hogar y poder abrazar a Ainsley todas las noches. Y no iba a conseguirlo a no ser que volviese a conquistarla.

Se había pasado toda la vida intentando demostrar que era mejor que su padre y era el momento de correr el riesgo que su padre no había corrido jamás: el del amor.

Ainsley no asistió al partido de rugby, sino que envió a la redactora con Freddie, al que le había pasado la responsabilidad de los artículos. No quería tener que ver fotos de Steven, era demasiado duro. Se despertaba en mitad de la noche echándolo de menos y eso la enfurecía porque, antes de conocerlo, no había echado nada de menos.

Se había pasado toda la vida sola, pero con Steven había visto cómo podía ser compartirla con alguien. Y eso era lo que quería.

Su secretaria le llevó un paquete con un DVD

de la entrevista que la BBC les había hecho a los herederos de Devonshire. Ainsley lo puso y, cuando la cámara enfocó a Steven, le sorprendió ver que parecía muy cansado. Ella se acercó a la pantalla y ni siquiera se giró cuando oyó que alguien abría la puerta de su despacho.

–Creo que me he pasado toda la vida necesitando ser mejor que Malcolm, pero no me daba cuenta de que estaba cometiendo los mismos errores –decía Steven, mirando a la cámara.

Ainsley se sintió como si le estuviese hablando directamente a ella.

–¿Qué errores has cometido? –le preguntó el entrevistador.

–Trabajar demasiado y mantener a todo el mundo alejado de mí. He tenido éxito en los negocios, pero me he aislado mucho –añadió Steven.

–Seguro que hay muchas mujeres dispuestas a hacerte compañía por las noches.

–Para mí sólo hay una… si es que todavía me acepta.

Ainsley no podía creer lo que estaba oyendo.

–¿Está hablando de mí? –dijo en voz alta.

Freddie, que había entrado en su despacho con Cathy, le contestó:

–Estoy seguro.

–¿Y qué hago ahora?

–Yo lo llamaría –opinó Cathy.

–¿Y qué harías tú, Freddie? –le preguntó Ainsley.

–Yo esperaría, pero tengo que admitir que no soy nada valiente en los asuntos del corazón.

Tanto Freddie como Cathy la miraron como si tuviese que tomar una decisión en ese momento.

–Tengo que pensarlo –dijo ella–. Mañana viajo a Nueva York. Lo llamaré cuando vuelva.

Esa noche trabajó hasta las nueve y luego se marchó a casa. Sola. Preparó la maleta para el día siguiente y vio el negligé de La Perla que no había llegado a ponerse para Steven, y se lo puso para dormir.

Luego se quedó tumbada en la cama, despierta, pensando en él.

Steven había tenido la esperanza de que Ainsley lo llamase cuando viese el vídeo, pero no lo había hecho. Así que sabía que iba a tener que demostrarle que la amaba. Tomó el teléfono, llamó a Freddie y le pidió que consiguiese que Ainsley fuese a la tienda de Leicester Square a las dos de la tarde. Iba a sorprenderla.

Ainsley consiguió por fin hablar con el abogado de Malcolm, Edmond, pero éste le dijo que el padre de Steven estaba demasiado enfermo para conceder una entrevista. Maurice se quedó un poco decepcionado, pero los artículos de las tres madres eran tan interesantes que se contentó con eso.

Después de colgarle el teléfono a su jefe, Ainsley recibió una llamada de Freddie.

–Déjate la tarde libre –le dijo éste.

–¿Por qué?

–Es una sorpresa.

–Freddie…

–No te molestes en preguntar, porque no pienso contarte nada.

–Está bien.

Steven había planeado todos los detalles, sólo necesitaba que Ainsley se presentase. Entonces, la vio aparecer.

Ella se detuvo al verlo y Steven supo que era el momento de actuar. Avanzó hacia ella, la abrazó y la besó apasionadamente.

Luego se apartó y la miró a los ojos, y el corazón se le encogió.

–Lo siento mucho, Ainsley. Me temo que no quería sentir la misma vulnerabilidad que veía en tus ojos. Te quiero mucho y espero que tú sigas queriéndome a mí.

Se arrodilló delante de ella.

–Por favor, dime que todavía me amas.

A ella se le llenaron los ojos de lágrimas.

–¿De verdad? –le preguntó–. Había prometido que no volvería a llorar por ti, pero no puedo evitarlo.

–De verdad –le aseguró él–. Te quiero, mi amor. Y voy a pasar el resto de nuestras vidas convenciéndote de ello.

Ella tomó su mano e hizo que se levantase, se abrazó a él y lo besó con todas sus ganas.

–Te quiero, Steven –le dijo–. Y no puedo vivir sin ti. Me alegro de que hayas entrado en razón.

–Me ha costado mucho –admitió él.

–Una eternidad.

–¿Te quieres casar conmigo?

–Sí, Steven, sí.

Él le puso un anillo en el dedo y supo que por fin había encontrado el hogar que siempre había estado buscando.

Epílogo

Ainsley y Steven pasaron los siguientes meses viviendo juntos.

Los artículos de los herederos de Devonshire en *Fashion Quarterly* tuvieron un éxito arrollador.

Varias webs de cotilleos se hicieron eco de su relación con Steven, pero a ella le dio igual y a su jefe, Maurice, tampoco le preocupó.

–No puedo creer que te vayas a casar hoy –le dijo Freddie.

–Ni yo –admitió ella–. ¿Cómo estoy?

–Preciosa, cariño. Tus padres te están esperando fuera.

Ella miró por la ventana que daba al lugar donde se iba a celebrar la boda. Desde el bonito jardín de aquel ático se veía toda la ciudad de Berna.

–¿Ha llegado Steven?

–Por supuesto –le dijo Freddie–. Voy a salir a tranquilizarlo.

Freddie se marchó y Ainsley se sentó un momento. Ella jamás había soñado con tener una boda de cuento de hadas, pero Steven había insistido en ello. Había querido que todo fuese perfecto en aquel día y, dado que su madre no podía desplazarse, habían decidido casarse en Berna.

Él mismo había comprado los billetes de avión

para los padres de Ainsley, Freddie y Cathy, y sus hermanastros también estaban allí.

Había pasado de ser un hombre solitario a estar rodeado por familiares y amigos. Con ella, formarían su propia familia, aunque ambos trabajaban mucho y habían decidido no tener hijos.

Sus padres entraron en la habitación y la abrazaron.

–Estás preciosa –le dijo su madre–. Es un vestido increíble.

–Gracias –respondió ella, antes de salir de la habitación.

La marcha nupcial empezó a sonar y ella avanzó sola por el pasillo. Steven la estaba esperando y le dio un beso en cuanto llegó al altar. El sacerdote hizo una ceremonia breve y pronto estaban convertidos en marido y mujer.

Y sellaron su compromiso con un beso largo y dulce, como Ainsley había sabido que sería.

–Te quiero, señora Devonshire.

–Y yo a ti también, señor Devonshire.

Deseo™

Engaño y amor

MAXINE SULLIVAN

El millonario playboy Adam Roth necesitaba una amante para librarse de las atenciones de la esposa de su mejor amigo. Por eso, cuando Jenna Branson se enfrentó a él exigiéndole que le devolviera a su hermano el dinero que los Roth le habían robado, Adam pensó que era la mujer perfecta para el papel. Él se ofreció a tener en cuenta su reclamación a cambio de que ella fingiera ser su amante. Pero una confrontación ineludible les obligó a elegir entre la lealtad a sus familias y la oportunidad de encontrar el amor verdadero.

¿Sería su juego de seducción sólo una tapadera?

Acepte 2 de nuestras mejores novelas de amor GRATIS

¡Y reciba un regalo sorpresa!

Oferta especial de tiempo limitado

Rellene el cupón y envíelo a

Harlequin Reader Service®
3010 Walden Ave.
P.O. Box 1867
Buffalo, N.Y. 14240-1867

¡Si! Por favor, envíenme 2 novelas de amor de Harlequin (1 Bianca® y 1 Deseo®) gratis, más el regalo sorpresa. Luego remítanme 4 novelas nuevas todos los meses, las cuales recibiré mucho antes de que aparezcan en librerías, y factúrenme al bajo precio de $3,24 cada una, más $0,25 por envío e impuesto de ventas, si corresponde*. Este es el precio total, y es un ahorro de casi el 20% sobre el precio de portada. !Una oferta excelente! Entiendo que el hecho de aceptar estos libros y el regalo no me obliga en forma alguna a la compra de libros adicionales. Y también que puedo devolver cualquier envío y cancelar en cualquier momento. Aún si decido no comprar ningún otro libro de Harlequin, los 2 libros gratis y el regalo sorpresa son míos para siempre.

416 LBN DU7N

Nombre y apellido	(Por favor, letra de molde)	
Dirección	Apartamento No.	
Ciudad	Estado	Zona postal

Esta oferta se limita a un pedido por hogar y no está disponible para los subscriptores actuales de Deseo® y Bianca®.
*Los términos y precios quedan sujetos a cambios sin aviso previo.
Impuestos de ventas aplican en N.Y.

SPN-03 ©2003 Harlequin Enterprises Limited

Bianca™

*Estaba dispuesto a averiguar
si sus sospechas eran ciertas*

Elizabeth Jones creía que iba a conocer a su padre, pero el arrogante Andreas Nicolaides tenía otros planes para aquella hermosa desconocida que se presentó sin previo aviso en su casa. ¿No se trataría de una cazafortunas decidida a hacerse con la herencia de su padrino? Para averiguarlo y no perderla de vista, la haría trabajar para él. Lo que Andreas no había calculado era hasta qué punto sus sensuales curvas se convertirían en una constante distracción que le haría olvidar su labor de detective por una mucho más entretenida: comprobar si Elizabeth era igual de modosa fuera de las horas de trabajo…

Amor bajo sospecha

Cathy Williams

Deseo™

Un cambio de vida

MAUREEN CHILD

No había visto en su vida a Tula Barrons ni mucho menos se había acostado con ella. Sin embargo, Simon Bradley, un hombre multimillonario, aceptó que ella y su primo, un bebé que ella afirmaba que era de Simon, vivieran en su mansión hasta que tuviera pruebas de si él era el verdadero padre.

Pero al vivir con Tula bajo el mismo techo, Simon se enteró de algo inesperado: era la hija del hombre que había estado a punto de arruinarlo. La oportunidad era perfecta para vengarse. Seduciría a Tula y se quedaría con el niño al que ella tanto quería.

¿Perdería lo que más le importaba si tenía éxito?